www.tredition.de

AF178759

Manuela Heckmanns

160 Tage Luna

mein Weg mit Dir

www.tredition.de

© 2015 Manuela Heckmanns

Verlag: tredition GmbH, Hamburg

ISBN
Paperback: 978-3-7323-7263-8
Hardcover: 978-3-7323-7264-5
e-Book: 978-3-7323-7265-2

Printed in Germany

Vorwort

Dürfen wir trauern, wenn unser Haustier stirbt? Wie stark dürfen wir trauern? Es war doch nur ein Tier!

Dieses Buch von Manuela Heckmanns wird sicherlich auch kritische Stimmen auslösen, die diese Trauer wegen einem Tier nicht nachvollziehen können, ja sogar verurteilen werden. Aber es wird auch genau die Menschen erreichen, die den Schmerz über den Verlust eines Tieres selber erfahren haben. Frau Heckmanns bricht mit diesem Buch ein Tabu. Anhand des eigenen Verlustes ihres geliebten Hundes Luna beschreibt sie sehr eindrucksvoll, sehr emotional, sehr offen und warmherzig ihre Trauer ohne dabei den humorvollen Blick zu verlieren. Diese Geschichte ist eine Liebeserklärung an einen Hund. Aber eigentlich ist es viel mehr. Es ist eine Liebeserklärung an ein Wesen, das sie begleitet hat und das sie begleiten konnte. Dieses Wesen hat sie in Kontakt zu sich selber gebracht, hat ihr gezeigt, dass sie ihre errichteten Mauern überwinden kann, hat lange verschlossene Türen geöffnet. Luna hat Manuela Heckmanns gegeben, was die Menschen ihr nicht vermocht haben zu geben. Eine tiefe Verbundenheit, tiefes Vertrauen und bedingungslose Liebe. Das waren die Schlüssel, die Luna eingesetzt hat, um die Türen zu öffnen.

Es bedarf eines großen Mutes, wenn man in einem Buch für jeden Leser sichtbar seine Gefühle so offen darlegt, wie es Manuela Heckmanns macht. Diese Gefühle nehmen den Leser mit, berühren und stimmen sehr traurig, aber sie stimmen auch nachdenklich. Sie erinnern an die Wichtigkeit und Schönheit des Augenblicks und an die Achtsamkeit, uns und allen anderen Wesen gegenüber.

Ich hoffe, dass dieses Buch viele Menschen ermutigt, offen über Ihre Verluste zu trauern. Trauer drückt nur die Liebe aus, die wir für das verlorene Wesen empfinden. Und genau um diese Liebe geht es in diesem Buch.

Gabriele Cremer

Danke

Viele Menschen haben dazu beigetragen, dass es dieses Buch gibt. Ich bin keine Schriftstellerin, sondern nur eine ganz normale Frau, die ein Geschenk erhalten hat. Viele haben mich ermutigt, meine Gedanken zu Luna zu teilen und sind somit genauso ein Teil dieses Buches, wie meine Worte.

Luna gab es wirklich. Manchmal hat man das große Glück, dass eine Seele den Weg kreuzt, die einen tief bewegt. Ich hatte dieses Glück und musste es leider wieder loslassen. Trotzdem hat sich mein Leben stark verändert. Wir hatten traurige und sehr innige Momente in unserer kurzen gemeinsamen Zeit. Keinen einzigen davon möchte ich missen. Mein erster Dank geht an alle Menschen, die es ermöglicht haben, dass Luna ein Teil von meinem Leben sein durfte. Da steht an erster Stelle Lunas Familie, die eine sehr schwere Entscheidung im Sinne von Luna getroffen hat. Ich kann mir nicht einmal annähernd vorstellen, wie schmerzhaft dieser Schritt gewesen sein muss. Sie haben uns Luna anvertraut. Ihren Hund, den sie mit jeder Faser ihres Herzens geliebt haben.

Danken müssen wir natürlich auch allen Mitgliedern von Retriever & friends, unserem Tierschutzverein. Es gibt so viele Hände, die hier ineinander gegriffen haben, um uns zusammmen zu bringen, dass ich gar nicht alle einzeln aufzählen kann. Es gab Menschen, die die Einschätzung gemacht haben. Es wurden viele Telefonate geführt, um uns als passende Pflegestelle zu finden. Eine Fahrkette wurde organisiert und viele Menschen haben an einem Samstag ihre Freizeit geopfert, um Luna ein Stück zu begleiten. Wir hatten eine sehr nette Pflegestellenbetreuung, die jederzeit ein offenes Ohr für uns hatte und natürlich auch eine sehr kompetente Nachbetreuung. Es gab immer jemand, der für uns da war, viele haben mit uns gelacht und geweint. Es gab Menschen, die mit fachlichem Rat an unserer Seite standen, aber auch Menschen, die einfach nur zugehört haben.

Einen großen Teil des Weges habe ich meinem Mann zu verdanken. Ohne ihn wäre Luna nicht zu uns gekommen und nur gemeinsam als Familie haben wir Höhen und Tiefen gut überstanden. Beim Schreiben dieses Buches war er es, der mir den Rücken freigehalten hat und mir immer wieder Mut gemacht hat. Meinen Kindern gehört ebenfalls ein großes Dankeschön. Nur als Familie haben wir schwere Zeiten hinter uns gebracht und dafür bin ich ihnen unendlich dankbar. Sie haben alle an mich geglaubt und mich unterstützt.

Unserer Tierärztin möchte ich auch noch einmal ausdrücklich danken. Sie war immer an unserer Seite, hat uns mit Rat und Tat unterstützt. Sie hat uns nicht nur medizinisch begleitet, sondern war auch menschlich immer an unserer Seite

Gabriele Cremer gehört mein Dank für ihre ermutigenden Worte und ihrer schonungslosen Kritik an dem Buch. Viele Wege sind wir schon gemeinsam gegangen und auch diesen ist sie mit Herz und Gefühl an meiner Seite.

Es gibt noch viele Menschen, die bei mir waren. Manchmal waren es nur kleine Gesten, die ermuntert haben. Viele haben mir Mut gemacht, aus dem kleinen Tagebuch ein richtiges Buch zu machen. Alleine hätte ich es nicht gemacht. So sind viele Menschen, an unserer kleinen Geschichte beteiligt.

Manuela Heckmanns

Spuren von Dir

Liebe Luna,

unsere Unterhaltungen waren immer recht einseitig, aber bis jetzt hast Du mich zumindest angesehen oder auch weg gesehen. Du warst trotzdem Teil unserer Zwiesprache. Jetzt habe ich eine Vorstellung, wie Du reagieren würdest, aber ich muss Dir schreiben, weil Du nicht mehr da bist. Ich habe keine Vorstellung davon, ob Du weißt, dass ich Dir schreibe. Ich mache das eher für mich, als für Dich. Ich brauche etwas, um mich festzuhalten. Mein kleines Stückchen von Dir, meine Erinnerung an die Zeit mit Dir.

Du hast Spuren hinterlassen, bei jedem Einzelnen, dessen Weg Du gekreuzt hast. Wusstest Du das eigentlich? Du bist immer so selbstverständlich da gewesen und ich habe mir nie Gedanken darüber gemacht, ob Du weißt, was Du hier angerichtet hast. Es tut mir leid, wenn ich das so sagen muss, aber das war schon ein wenig gemein von Dir! Du hast einen Haufen Scherben hinterlassen, einen unüberschaubar großen Haufen und jetzt hast Du mich ganz alleine gelassen und ich muss aufräumen. Das stimmt natürlich nicht, ich bin gar nicht alleine, aber niemand ist da, der Deinen Platz füllen könnte. Vielleicht geht es Dir genau so? Ich weiß es nicht, ich kann nur für mich sprechen und Dir sagen, dass Du hier fehlst. Es ist viel zu still und zu leer.

Ich wollte von Deinen Spuren erzählen. Manche sind ganz offensichtlich, die kann jeder sehen. Bei uns im Keller steht eine große Kiste mit Deinen Sachen, ich kann sie nicht weg werfen. Stehen lassen konnte ich sie aber auch nicht. Die Erinnerung an Dich hat mir in den ersten Tagen ohne Dich die Luft zum Atmen genommen. Jetzt mache ich einen großen Bogen um das Regal und schaue mir lieber die Wand auf der anderen Seite an. Großartig, wie ich die Situation meistere. Ich kann Dein Schmunzeln sehen. Obwohl ich alles ordentlich sauber gemacht habe, finde ich im ganzen Haus noch Deine Spuren. Die Kiste zu packen war ganz einfach: alles musste rein. Niemand hat mich auf die anderen kleinen Spuren vorbereitet, die Du hinterlassen hast. Dass ich auch noch Wochen später Deine Haare finde, überall, hat mir niemand verraten. Es scheint, als ob Du eine kleine Erinnerung in jedem Winkel unseres Hauses verteilen wolltest. Manchmal freut es mich und ich erinnere mich an eine der tausend Kleinigkeiten, die unser gemeinsames Leben so wertvoll gemacht haben. Es gibt aber auch die anderen Momente, in denen ich innehalten und tief durchatmen muss. Ich schaffe es inzwischen, wieder einen Alltag zu organisieren und tagsüber bin ich ganz guter Dinge, aber die Nächte sind grausam. Du, meine Gefährtin durch lange Nächte, bist gegangen. Dein Weg war ein anderer, nicht an meiner Seite. 160 Tage haben wir uns geschenkt: Du mir und ich Dir, hoffe ich zumindest. Eines der Geheimnisse, die Du mitgenommen hast. Ich hätte gerne in Deinen Kopf geschaut und Antworten bekommen, aber vielleicht weißt Du sie ja selber nicht. Wahrscheinlich hast Du eh viel weniger nachgedacht als ich. Ich weiß es nicht.

Briefe an Dich

Lass mich noch ein paar Sachen erklären, weil es für Dich vollkommen neu ist, dass ich Dir schreibe. Dass ich schreibe, wusstest Du. Ich habe vom ersten Tag Dein Tagebuch geschrieben – in Deinem Namen. Es gehörte zu meinen Aufgaben: jeder Tierschutzhund bei Retriever & friends besitzt ein Tagebuch und das sollte geführt werden. Eigentlich nur so lange, wie der Hund ein Pflegehund ist, aber manchmal geschieht es, dass Tagebücher länger geführt werden. Ich habe weiter geschrieben, so lange, wie Du bei uns warst, aber auch noch weiter. Du warst ja recht einsilbig, also habe ich mir die Freiheit genommen, in Deinem Namen zu schreiben. Da Du nicht widersprochen hast, habe ich das als Zustimmung gewertet. Ich kann auch kompromisslos sein, meine Liebe! Dann kam der Tag, an dem Du uns verlassen hattest und es gab keinen Grund mehr für mich, Dein Tagebuch weiter zu schreiben. Aber ich konnte nicht. Ich habe Dich hier gehen lassen, aber ich konnte Dich nicht auch noch im Tagebuch gehen lassen. Das hat sich alles so falsch angefühlt. So falsch, wie alles andere auch. Immerhin hast Du uns genug Zeit gelassen, um uns darauf vorzubereiten und so hatte ich den letzten Tagebucheintrag schon in meinen Gedanken unzählige Male im Kopf geschrieben. Einige Worte, kurz und knapp, angemessen, aber nicht zu rührselig. Hat nicht funktioniert, ich habe mich als absolute Versagerin entpuppt.

Das war mein erster Brief an Dich, um allen zu sagen, dass Du gehen musstest:

Liebe Luna,

heute ist unser gemeinsamer Weg zu Ende gegangen. Den Kampf gegen Deine Krankheit hast Du tapfer ertragen, aber leider ist Dir die Kraft ausgegangen. Uns blieb nicht viel zu tun, als Dich zu begleiten. Eine Aufgabe, die wir gerne übernommen haben und die uns mit Stolz erfüllt. Zu dieser Aufgabe hat auch gehört, dass wir Dich heute gehen lassen mussten, um Dich nicht weiter leiden zu lassen. Mein schwerster Moment mit Dir, aber auch da warst Du es, die mich getröstet hat und mir den ganzen Tag gezeigt hat, dass heute der richtige Tag ist. Du hast uns so viel in der kurzen Zeit geschenkt. Dafür sind wir Dir unendlich dankbar.

Ich wünsche Dir eine gute Reise. Wir haben alles getan, um Dir den Weg leicht zu machen, aber jetzt musst Du ohne uns weiter. Ich wünsche Dir, dass Du dort keine Schmerzen hast und wieder wild über die Felder toben kannst. Du findest dort bestimmt einen Apfelbaum - für unseren eigenen hat die Zeit nicht gereicht, aber wir werden jeden einzelnen Apfel essen und dabei an Dich denken. Ich wünsche Dir auch einen Gebirgsbach mit vielen Stöcken drin. Das hast Du im Urlaub immer so geliebt. Eine schöne Wiese, auf der Du dösen kannst, wie Du es bei uns immer gemacht hast, wünschen wir Dir auch. Jetzt müssen wir selber unsere Schuhe einzeln verstecken und am Mülleimerdeckel klappern, weil Du das nicht mehr machst. Aber ich bin mir sicher, dass Du dort eine Menge Schuhe finden wirst. Du hattest die beste Nase hier im Haus. Irgendwo gibt es bestimmt auch einen verwesten Fisch, in dem Du Dich wälzen kannst und dann kommt auch niemand mehr mit dem Schlauch und will Dich wieder sauber machen - versprochen!!!

Liebe Luna, warum musstest Du so früh gehen? Wir wollten Dich noch so lange behalten, aber Du konntest einfach nicht mehr.

Lass es Dir gut gehen und pass auf Dich auf. Wir sind traurig und vermissen Dich jetzt schon. Du bist so friedlich an meiner Seite eingeschlafen, dass ich noch gar nicht glauben kann, dass Du wirklich für immer weg bist.

Mach es gut, meine Maus, und lass es Dir gut gehen!
Dein Frauchen

Geschrieben am 14. August, 19:12 Uhr

Der erste Eintrag war auch noch einigermaßen in Ordnung. Auf den Abend folgt ja ein Morgen – der erste ohne Dich - und das hat mein Herz gebrochen. Vorbei waren die Reserviertheit und das Zurückhalten der Gefühle. Es war fast greifbar, diese Leere und Stille, die im ganzen Haus zu spüren waren. Ich habe wie selbstverständlich meinen Computer angeschaltet und wie in Trance unser Forum aufgemacht. Ich hatte mir geschworen, dass ich nicht die Reaktionen auf Deinen letzten Eintrag beachte und gar nicht mehr in das Tagebuch schaue, aber konsequent, wie ich in solchen Sachen bin, habe ich mir eine Tasse Tee gemacht und gelesen und geweint. Es hat mich tief getroffen und es hat weh getan, tief in meinem Herzen und in meinem Kopf. So viele nette Worte und so viele Menschen, die Du nur kurz berührt hast und die Dein Weggehen betroffen gemacht haben. So kam es, dass ich meinen Plan geändert habe. Es ist einfach passiert. Ich wollte Dich ganz in Ruhe gehen lassen und das hat auch gut funktioniert, so lange Du da warst. Dann habe ich diese Leere gespürt und ich wusste nicht wohin mit meinen Gedanken, mit meinen Gefühlen.

Es fing mit einem einzelnen Brief an, den ich Dir geschrieben habe. Ich habe Dich gefragt, warum Du gehen musstest. Ich war verzweifelt und wütend, da war noch kein Platz für Trauer. Ich bin morgens nach unten gekommen und konnte nicht verstehen, dass Du nicht auf mich gewartet hast. Ich hatte schon am Abend Angst davor, aber nichts hat mich auf die Wirklichkeit vorbereitet. Ich habe in der Nacht geschlafen wie in einem Koma, weil ich erschöpft war. Die letzten Tage mit Dir waren sehr anstrengend und haben mich viel Kraft gekostet, aber diese Nacht ging vorbei und ich war wach und ausgeschlafen. Da habe ich es gespürt. Ich bin aus dem Schlaf hochgefahren, weil ich nichts gehört habe. Die normalen Geräusche im Haus, der Kühlschrank, ein Auto auf der Straße, die Katzen in unserem Schlafzimmer, aber keinen Deiner Atemzüge. Ich bin runter gerannt und habe Deinen Platz leer gefunden. Ich habe am Abend schon Deine Sachen weggeräumt, weil ich diese vorwurfsvolle Leere nicht ertragen konnte. An diesem Morgen ist mir bewusst geworden, dass es nicht Deine Sachen waren, die mir fehlen, sondern Deine Geräusche. Kein schlurfender Gang, kein schweres Atmen. Ach, Luna, wenn Du wüsstest, wie sehr ich mit Dir gelitten habe. Jeder Deiner Atemzüge der letzten Stunden hat mir weh getan und ich konnte Dir nicht helfen. Ich war bei Dir und ich habe Dich nicht mehr alleine gelassen, aber mehr konnte ich nicht für Dich tun.

In dieser Stimmung habe ich doch noch einmal in Dein Tagebuch geschaut und ich musste Dir einmal schreiben. Mit einer Tasse Tee neben mir und den Geräuschen des frühen Morgens, in denen Deine Geräusche gefehlt haben. Ich habe Dir geschrieben, von den Dingen, die passiert sind, aber Du hast nicht geantwortet. Weißt Du, dass ich da gesessen habe und Dich mit jeder Faser meines Körpers vermisst habe? Ich weiß es nicht und ich hoffe, dass Du es nicht wusstest. Du solltest Dir keine Sorgen machen, genieße Dein Glück, meine Schöne. Über diesen ersten Brief an Dich ist es ganz langsam geschehen. In der nächsten Nacht konnte ich nicht schlafen, weil Du nicht da warst. Ich war nicht mehr so erschöpft wie in der ersten Nacht und diese Nacht war grausam. Unendlich still war es im Haus und die Dämmerung noch in unendlicher Ferne. Weißt Du eigentlich, wie langsam die Zeit vergehen kann, wenn man auf den Morgen wartet? Im Kopf eine Schleife mit Gedanken und ein Herz, das laut schreien möchte. Ich wollte niemanden wecken, es konnte ja auch niemand etwas dazu sagen. Nichts hätte unser Schicksal geändert.

Liebe Luna,

ich bin heute Morgen aufgestanden und war erschrocken, dass mich niemand geweckt hat. Keiner hat unten gefiept und ich wurde auch nicht mit einem fröhlichen Bellen an der Treppe erwartet. Da ist mir erst aufgefallen, dass Du nicht mehr da bist. Herr Chester ist ja morgens immer recht gemütlich, während Du bis zum Schluss morgens immer fröhlich und aufgeweckt warst und alle mit Deiner guten Laune angesteckt hast. Ich bin neugierig, um wen Du heute Morgen springst und wen Du freudig begrüßt. Ich wünschte mir so sehr, dass ich das sein kann, aber Dein Platz ist jetzt woanders. Du fehlst uns so sehr!!! Ich mag gar nicht daran denken, dass ich gleich nur eine Leine in der Hand halten werde. Ich habe gestern Abend Deine Sachen schon alle weg geräumt, weil ich Deinen leeren Napf nicht mehr sehen konnte.

Wir wissen, dass wir gestern alles richtig gemacht haben. So richtig bewusst ist uns das erst abends geworden, als Du schon gar nicht mehr da warst. In unserer letzten gemeinsamen Nacht sind wir beide auf der Terrasse gewesen. Du hast geschlafen und ich habe über Dich gewacht und dabei gestrickt. Meine Liebe, ich habe bei jedem Deiner Atemzüge mit Dir gelitten und jeder Deiner Atemzüge tat mir weh und ich konnte Dir nicht helfen. Jetzt ist es ganz still hier, ich kann niemanden mehr atmen hören und ich merke, dass mir dabei ein Stein vom Herzen fällt. Die Sorge um Dich hat hier viel Platz eingenommen. Jetzt ist es die Traurigkeit und die wird noch lange bleiben. Herr Chester und ich werden noch lange brauchen, um wieder einen Alltag ohne Dich zu finden. Beim Spaziergang gestern Abend haben wir uns beide ertappt, dass wir immer noch in Deinem Tempo gehen. Wie lange wird das noch so bleiben? Wie lange wird es noch so weh tun??? Jeder Deiner Schritte in Deinen letzten Stunden hat mir weh getan. Ich habe gesehen, wie Du gezittert hast, war bei Dir, als Du gar nicht mehr konntest und habe gewartet, bis wir wieder zwei Schritte laufen konnten. Ich war bei Dir, als Du Dich kaum noch auf den Beinen halten konntest, wenn Du mal musstest. Das hat so unendlich weh getan und trotzdem vermisse ich es so.

Dein Licht ist gestern ausgegangen, aber es war schon so schwach, dass es nur noch geflackert hat. Wir wollten doch noch den Winter mit Dir verbringen, warum war uns das nicht mehr vergönnt? Es ist so schnell gegangen und es war so erbarmungslos. Du hattest gar keine Zeit, um Deine Rente zu genießen. Wir wollten Dir noch so viel zeigen. Wenn ich gewusst hätte, wie wenig Zeit Dir bleibt, hätte ich Dir reihenweise tote Fische gebracht, in denen Du Dich wälzen könntest. Ich hätte sie Dir eigenhändig in unseren Garten getragen.

Ich bin mir sicher, dass es Dir jetzt gut geht und wir

müssen jetzt lernen, ohne Dich zu leben. Wir werden wieder schneller und weiter spazieren gehen lernen und dass wir morgens nicht mehr von einer übermütigen Dame erwartet werden. Weißt Du noch im Urlaub? Da bist Du morgens an mein Bett gekommen und hast einen Freudenhüpfer gemacht, als Du gesehen hast, dass ich die Augen bewege. Wir waren so früh dran, dass wir manchmal noch den Sonnenaufgang gesehen haben. Jetzt ist hier kein Frühaufsteher mehr im Haus.

Es ist so still hier geworden, Deine Geräusche fehlen mir so sehr!

Hol tief Luft, meine Liebe, wo auch immer Du bist und renn schneller als der Wind, bis Deine Ohren flattern.

Dein Frauchen

Geschrieben am 15. August, 7:10 Uhr

Der Tag verging irgendwie und es wurde wieder Nacht, die schlimmste Nacht in meinem Leben. Jetzt war mir die Tragweite vollkommen bewusst. Ich hatte den ersten Tag ohne Dich irgendwie durchgestanden und ich habe gelitten. Ich habe mich mitten in der Nacht an den Rechner gesetzt und geschrieben. Ich habe Dir alles geschrieben, was mir in diesem Moment durch den Kopf gegangen ist. Alle Bitterkeit und Trauer ist in diesen Brief an Dich geflossen, aber danach ging es mir besser. Ich hatte den Eindruck, dass ich ein kleines Stück von Dir behalten darf. Das war meine Verbindung zu Dir. Ich musste das Unfassbare in Worte bringen, um zu verstehen und um nicht wahnsinnig zu werden. Ich konnte mich auf vieles vorbereiten, aber das traf mich vollkommen unvermittelt. Was hast Du nur mit mir gemacht? Ich, die sonst so beherrscht und tapfer ist, breche hier zusammen, halte mich an Briefen fest, die ich Dir ins Ungewisse schreibe. Das wäre mir vor Dir nie passiert. Jetzt ist aber alles anders. Du hast Dich in mein Herz gestohlen, hast es aufgemacht und jetzt stehe ich hier. Ich habe weiter geschrieben, jeden Abend, manchmal in der Nacht und auch morgens. Ich war noch nicht bereit, Dich auch noch aus meinem Herzen gehen zu lassen. Unsere Zeit war zu kurz und es gab noch so viel, was ich Dir erzählen wollte.

Ich war überwältigt von den Reaktionen. Viele haben Deine Briefe oder besser meine Briefe an Dich gelesen. Viele haben mir Mut zugesprochen, am Telefon mit mir geweint, aber viele haben mich auch ermuntert, Dir weiter zu schreiben. Viele haben mir ihre Geschichte erzählt und mich daran teilhaben lassen. Das hat mich wiederum berührt. Viele haben mir geraten, dass ich weiter schreiben soll, von Dir erzählen und von Dir berichten. Wir hatten alle zu wenig Zeit mit Dir! Ich habe erzählt und erzählt, all die Kleinigkeiten, die Dich ausmachen, alle Gefühle, die mich überrannt haben. Ich war erstaunt, wie viele Menschen ähnliches erlebt haben und in ihrer Trauer geblieben sind. Für Dich, aber auch alle anderen, die ihre Lieben gehen lassen mussten, schreibe ich diese Briefe. Liebe Luna, Dir gehört ein großes Stück in meinem Herzen und ich werde Dich überall mit hin nehmen. Wo ich gehe und stehe, begleitest Du mich. Es gibt kaum einen Ort, an dem ich nicht denke, was Du hier machen würdest. Meistens wahrscheinlich Unsinn, aber wir haben auch viel Zeit in schweigender Einigkeit verbracht. Meine schöne und tapfere Kämpferin, dieses Buch ist für Dich.

Liebe Luna,

es tut mir leid, wenn ich nerve, aber im Moment brauche ich noch diesen Platz, um Dir nah zu sein. Alles was sich tagsüber so richtig anfühlt, ist nachts nur noch ein Haufen Müll. Es tut mir so leid, dass ich nicht mehr für Dich tun konnte. Wenn ich die Augen zu mache, sehe ich Dich vor mir stehen, wie Du den Kopf schief hältst und mich ansiehst. Ich höre Dich fiepen und zweifle an allem, was ich für richtig ge-halten habe. Warum, Luna, warum?

Chester hat jetzt Deinen Part übernommen und ist gerade an die Treppe gekommen, als ich runter ge-kommen bin. Unendlich müde hat er sogar seinen Ball mitgebracht und liegt jetzt vor meinen Füßen. Ich weiß auch nicht, warum er das macht, das war immer Dein Platz. Wie viele Stunden haben wir so verbracht? Du vor meinen Füßen, während ich am PC gesessen habe? Ich habe auf Dich Acht gege-

ben und Du warst einfach nur da. Hier im Dorf haben viele nach Dir gefragt und alle sind traurig.

Ich weiß, dass ich morgen früh wieder aufstehe und alles wieder ein wenig klarer sehe, aber diese Nacht gehört uns. Ich werde gleich die Socken weiterstricken, die ich in unserer letzten Nacht angefangen habe, obwohl ich sie wahrscheinlich niemals tragen werde, aber irgendwie muss die Nacht ja vorbei gehen. Es tut mir so unendlich leid und ich möchte so gerne wissen, ob es Dir gut geht, aber dieses Geheimnis wirst Du für Dich behalten.

Wir müssen jetzt die ganzen Äpfel essen, die meine Freundin noch für Dich vorbei gebracht hat - sie schmecken scheußlich, aber ich kann sie nicht wegwerfen. Immerhin habe ich eben noch Deine restlichen Tabletten zu unserer Tierärztin gebracht. Die brauchen wir hier nicht mehr und ich musste mich dabei ertappen, dass ich schon eine auseinander gebrochen hatte *und in Deinen Napf legen wollte. Der Napf ist nicht mehr da, die Tabletten jetzt auch nicht mehr. Dein halber Maiskolben liegt auch noch angefuttert auf dem Feldweg. Ich hoffe, dass er bis morgen weg ist, weil es mich unendlich viel Kraft kostet, daran vorbei zu gehen. Chester und den anderen geht es gut, die Mädchen haben die Nacht bei ihren Freundinnen verbracht und es sind nur noch wenige Tränen geflossen. Wir haben viel über Dich gesprochen und Du bist noch ganz nah bei uns. Tagsüber schaffe ich das auch, aber heute Nacht bricht es mir das Herz, dass Du nicht da bist. Ich würde alles dafür geben, noch einmal die Ohren* abgeleckt zu bekommen. Ich würde Dir liebend gerne noch einmal Maden aus dem Fell waschen, weil Du Dich in schlimmen Sachen gewälzt hast, aber das muss ich jetzt nicht mehr tun.

Ich würde so gerne die Zeit zurück drehen und wieder mit Dir ins Allgäu fahren, da ging es Dir so gut. Ich weiß, dass es da auch nicht besser gewesen wäre. In den letzten Urlaubstagen hast Du schon langsam abgebaut, aber da war es noch so langsam, dass es niemand außer mir gemerkt hat. Außerdem darf ich mitten in der Nacht irrational sein. Ich habe eben noch lange mit der Tierärztin gesprochen und sie hat auch noch einmal gesagt, dass Du keine Chance hattest, alles ging so schnell und Deine Krankheit war so aggressiv, dass es ein Wunder war, dass Du im Urlaub noch einmal so aufgeblüht bist. Unser kleines Urlaubswunder. Ich danke Dir von ganzem Herzen dafür und es tut mir leid, dass ich nicht mit Dir schwimmen war. Ich habe die Bilder gemacht.

So, meine Liebe, ich gehe jetzt stricken und heulen und warte auf den Sonnenaufgang. Auch diese Nacht wird vorbei gehen und morgen sieht die Welt wieder anders aus.

Dein Frauchen

Geschrieben am 16. August, 1:55 Uhr

Ich würde Dir das gerne alles selber erzählen, aber Du bist nicht mehr da. Ich weiß nicht, wo Du jetzt bist, aber nicht mehr hier vor meinen Füßen, wo Du am liebsten gelegen hast. Ich höre nicht mehr Dein Atmen, Dein Schnarchen und Schmatzen, wenn ich etwas schreibe. Ich kann meine Beine ausstrecken und inzwischen auch von Dir erzählen – sogar mit einem glücklichen Lächeln. Du hast uns sehr viel geschenkt und ich habe mich bemüht, Dir etwas zurück zu geben. Ich bin immer noch stolz, dass ich Deinen Weg für eine kurze Zeit begleiten durfte. Dich in unserem Leben zu haben, war eine großartige Erfahrung und ich möchte keinen der 160 Tage mit Dir missen. Aber lass mich von Anfang an erzählen. Es war eine schöne Zeit, voller Höhen und Tiefen, eine Zeit der Hoffnung, Angst und Trauer, aber auch eine Zeit des Lachens und des puren Glücks.

Warum bist Du zu uns gekommen?

Ich weiß gar nicht, wo ich anfangen soll, meine Schöne! Ich kann Deinen Anteil an unserer Geschichte natürlich nur in Bruchstücken nachvollziehen. Du warst immer sehr schweigsam diesbezüglich, aber ich kann unseren Anteil erzählen. Es fing an mit einem kleinen Anruf, von dem Du gar nichts wusstest. Eine Frau von unserem Tierschutzverein hat angerufen und gesagt, dass es eine Hündin gibt, die gut zu uns passen könnte. Sie nannte Deinen Namen und wir erfuhren, dass Du Deine Familie verlassen musst und die Basisdaten: schwarzer Flat-coated Retriever, 8 Jahre, kastriert und ehemalige Rettungshündin. Um Dich und Deine Familie nicht unnötig lange warten zu lassen, haben wir beschlossen, uns schnell zu entscheiden. Wir haben ganze zwei Minuten gebraucht, in der Zwischenzeit kam auch noch Dein Bild per Mail und alle Überlegungen waren vorbei. Du solltest kommen! Eine Nacht haben wir noch darüber geschlafen, aber die Entscheidung war eindeutig und so haben wir einstimmig beschlossen, Dir ein neues Zuhause zu geben. Eine der besten Entscheidungen in unserem Leben – trotz allem, was passiert ist.

Aber wie kam es dazu? Deinen Teil müsstest Du erzählen, bei uns war es ganz einfach. Wir haben schon einen Hund, unseren jungen Schnösel. Der ist mit 11 Wochen auch als Abgabehund zu uns gekommen. Nachdem ich zehn Jahre lang Deinem Herrchen in den Ohren gelegen habe, dass ein

Hund die richtige Entscheidung für uns wäre. Chester zog vor zwei Jahren bei uns ein und es war noch viel schöner, als wir uns das jemals vorgestellt hatten, selbst Dein Herrchen war begeistert, sonst wärst Du gar nicht zu uns gekommen. Chester ist ein toller Hund, im Haus ruhig und brav, hat noch nie etwas kaputt gemacht. Draußen ist er seinem Alter entsprechend manchmal ein begnadetet Jäger, aber das weißt Du ja. Ansonsten ein ruhiger und gemütlicher Geselle. Ein junger Golden Retriever mit all seinen Macken und seinem Charme. Chester hat nur ein Problem: er ist ein sehr unsicherer Hund. Wir haben viel Zeit und Arbeit in ihn investiert, bevor er so entspannt war, wie Du ihn kennenlernen durftest. Trotzdem blieben manche Sachen immer noch sehr schwierig. Da Chester sich gut und gerne an anderen Hunden orientiert, war schnell die Überlegung auf dem Tisch, dass ein zweiter, stabiler Hund ihm helfen könnte. Nach langen Wochen haben wir den Entschluss gefasst, dass wir aus unserem 2 Erwachsene, 2 Kinder, 2 Katzen und einem Hund-Haushalt eine Korrektur machen werden und für das Gleichgewicht auch bei dem Posten Hund sorgen wollen. Wir haben lange nachgedacht, ob wir das stemmen können, immerhin haben wir schon einen Hund mit vielen Baustellen im Haus. Es war klar, dass der zweite Hund auch ein Größerer werden soll. Das brachte Fragen auf: wie läuft das Spazieren, kann ich 60kg Hund halten? Vieles wurde genau geprüft und durchdacht und dann war die Entscheidung gefallen.

Wir wollten wieder einen Hund aus unserem Tierschutzverein, der uns auch schon Chester vermittelt hat, übernehmen. Das hatte ganz praktische Gründe, weil wir seit zwei Jahren in engem Kontakt zu den Menschen dort stehen. Wir haben Chesters Pflegetagebuch übernommen und so war immer jemand da, der uns mit Rat und Tat zur Seite stand. Es war für uns aber auch wichtig, weil die Menschen dort genau wussten, in welche Situation unser zweiter Hund rein kommen würde. Vieles ging einfach nicht. Noch ein unsicherer Hund wäre eine Katastrophe geworden und auch ich habe meine persönlichen Grenzen. Ich bin keine Hundetrainerin und ich habe einfach von vielen Sachen keine Ahnung. Das Abenteuer zweiter Hund nahm seinen Lauf. Wir haben vorsichtig angedeutet, dass wir uns einen zweiten Hund vorstellen könnten. Das war am Anfang des Jahres. In einem ausführlichen Telefonat haben wir die Rahmenbedingungen gesteckt: ein älterer Hund sollte her, ein stabiler Hund. Rasse, Farbe und Geschlecht war uns vollkommen egal. Wir wollten uns überraschen lassen. Wir haben uns darauf geeinigt, dass wir Pflegestelle mit Bleibeoption werden. Das bedeutet nur, dass wir uns mit Ansage in die Reihe der Pflegestellenversager einreihen. Nicht, dass Du jetzt denkst, dass Pflegestellenversager nicht in der Lage sind, sich ordentlich um einen Hund zu kümmern. Eher trifft das Gegenteil zu: sie geben ihn nicht in die Vermittlung, sondern behalten ihn gleich als ihren eigenen Hund. Uns hat diese Entscheidung Zeit geschenkt, da wir Dich ja gar nicht kannten. So konntest Du oder eben unser potentieller zweiter Hund erst mal in Ruhe zwei Wochen bei uns bleiben und wir konnten ganz in Ruhe schauen, ob es passt. Wenn wir danach gesagt hätten, das klappt nicht, wäre der andere Hund bei uns geblieben, bis er seine eigene Familie gefunden hätte. In Härtefällen wäre auch eine andere Pflegestelle gesucht worden. oder aber wir sagen, wie in Deinem Fall, dass der Hund bei uns bleibt und wir adoptieren den Hund ganz offiziell. Alle wussten, dass unsere Rahmenbedingungen sehr hoch gesetzt waren, aber es sollte einfach passen. Das waren wir Chester schuldig. Aber auch dem andere Hund, der dann zu uns kommen sollte. Wir stellten uns auf eine Wartezeit ein und auch von Vereinszeiten war man nur verhalten optimistisch. Aber man beruhigte uns, dass manchmal der Zufall auch seine Hand im Spiel hat und ein kleines Wunder geschieht.

Unser Wunder geschah an einem Samstag nur wenige Wochen später mit dem Anruf, dass Du eine Pflegestelle brauchst. Sonntags war klar, dass wir Dir gerne einen Platz geben wollen. Jetzt mussten noch ein Termin und eine Fahrkette organisiert werden. Das hat der Verein für uns übernommen. Wir mussten uns nur freuen und auf Dich warten. Deiner Familie ist der Abschied sehr schwer gefallen. Das haben wir erfahren, und uns wurde auch immer wieder gesagt, dass es vorgekommen ist, dass Familien einen Rückzieher gemacht haben und den Hund behalten haben – ganz egal, wie gut die Gründe für die Abgabe waren. Ich kann das gut nachvollziehen. Ich weiß gar nicht, was passieren müsste, dass ich einen von meinen Lieben gehen lassen würde, aber das Leben ist manchmal nicht fair und es entstehen

Umstände, die niemand planen und vorhersehen kann. Bei Deiner Familie war es ähnlich. Das Schicksal hatte erbarmungslos zugeschlagen und sie hätten Dich niemals gehen lassen, wenn es einen anderen Ausweg gegeben hätte. Für uns war klar, dass Du mit einer großen Wahrscheinlichkeit am übernächsten Wochenende zu uns kommen sollst. Wir hatten endlich ein Datum und unsere Freude war unermesslich.

Es hat sich natürlich auch ein kleiner Zweifel eingeschlichen, ob wir das wirklich alles schaffen, ob das vielleicht zu viel Unruhe für Chester ist. Wir haben oft mit Menschen aus dem Verein gesprochen, haben uns Tipps zur Eingewöhnung geholt und gelesen und gelesen und gelesen. Wir haben in den zwei Wochen jede Eventualität durchgekaut. Chester musste in dieser Zeit viel üben. Bis jetzt war ich nie sehr streng was die Leinenführung anging. Er sollte halt nicht ziehen, aber ob er rechts oder links läuft, war mir egal. Er ist die meiste Zeit an der Schleppleine gelaufen, was für uns beide eine perfekte Lösung war. Aber da ich von Natur aus nur zwei Arme habe, war schnell klar, dass ich nicht zwei Schleppleinen nehmen kann. Der arme Chester musste sich also umgewöhnen. Es gab nur noch die kurze Leine und er musste lernen, pingelig bei Fuß zu laufen. Da Chester arbeiten immer Spaß macht, fand er es super und nach ein paar Tagen hatte er begriffen, wie es jetzt funktioniert.

Wir haben erfahren, dass Du alles mitbringst, was Du besitzt und so mussten wir nicht einmal etwas für Dich einkaufen. Die Leckerchen und das Futter wurden aufgestockt. Wir haben gefühlte hundertmal überlegt, wo wir Dein Körbchen und Deine Näpfe hinstellen und einen Schlachtplan erstellt, wie wir die Eingewöhnungszeit für Euch beide möglichst angenehm gestalten. Wir sind vom Allerschlimmsten ausgegangen und wollten uns gerne positiv überraschen lassen. Die erste Begegnung sollte auf neutralem Boden stattfinden, also auf unserer Wiese. Beide an der Leine und in einiger Entfernung voneinander. Erst mal solltet Ihr Euch beschnuppern und dann ein kleiner gemeinsamer Spaziergang – social walk genannt. Wir haben unsere Hausaufgaben gemacht. Nach und nach ist hier alles an Spielzeug, Stöcken und Tannenzapfen verschwunden, immer eines nach dem anderen, damit Chester das Verschwinden nicht mit Dir verbinden konnte. Wir haben gelernt, dass jemand, der nichts hat, auch nichts verteidigen kann. Zwei Tage vor Deinem Kommen war hier eine spielzeugfreie Zone. Füttern wollten wir Euch erst mal getrennt, sicher ist sicher. Wir haben einen sehr pingeligen Plan ausgearbeitet, wer an Deinem Ankunftstag für welchen Hund zuständig sein sollte. War gar nicht so einfach, schließlich ist Chester vollkommen an mich gebunden. Alle anderen findet er natürlich auch gut, aber ich verbringe einfach die meiste Zeit mit ihm. Du solltest Dich aber auch an mich binden, deswegen sollte ich Dich in Empfang nehmen. Wir hatten eine Lösung gefunden: ich nehme Dich und Dein Herrchen sollte Chester zu Dir führen. Wir haben einen Besucherstopp für Deine erste Woche bei uns eingerichtet und uns noch einmal darauf eingerichtet, dass wir Dir Ruhe gönnen, keine überschwänglichen Begrüßungen und kein großes Trara. Die Tage zogen sich wie Kaugummi in die Länge, wir haben gewartet und gewartet. Im Rückblick habe ich mich oft gefragt, ob Du auch die Verhaltensregeln kennst, wenn ein neuer Hund ins Haus zieht. Ich bezweifle es sehr stark. Aber lass mich nicht wieder abschweifen.

Einen kleinen Wackelfaktor gab es noch: drei Tage vor Deiner geplanten Ankunft bei uns, stand die Fahrkette noch nicht ganz. Es fehlten noch einige Stücke und wir haben Blut und Wasser geschwitzt. Für uns war klar, dass wir Dir ein Stück entgegen kommen. Üblicherweise ist die Fahrkette für Euch Hunde anstrengend und wenigstens eine Etappe in einem fremden Auto wollten wir Dir ersparen, aber in Wahrheit waren wir auch sehr ungeduldig und haben uns auf Dich gefreut. Die Dame, die die Fahrkette organisierte, war ganz entspannt und hat immer wieder betont, dass das schon alles klappt. Die Dame ist übrigens auch Deine Patentante vom Verein, aber davon erzähle ich Dir später. Ein weiterer Unsicherheitsfaktor war immer noch die Sorge, ob Deine Familie Dich wirklich gehen lässt. Es ist schon vorgekommen, dass Fahrketten abgebrochen worden sind, weil die Familie nicht loslassen wollte. Du weißt inzwischen, wie gut ich das verstehen kann. Ich wäre Dir wahrscheinlich auch hinterher gefahren und hätte Dich wieder nach Hause geholt, gegen jeden Sinn und Verstand. Ich bewundere Deine Familie dafür, dass sie es nicht getan haben. Donnerstags abends stand endlich die Fahrkette. Uns ist ein

Stein vom Herzen gefallen, den Du mit Sicherheit auch gespürt hast. Wir haben die Liste auswendig gelernt und immer wieder Telefonnummern abgeglichen. Wir waren 24 Stunden im Forum, damit wir direkt mitbekommen, falls es Änderungen gegeben hätte. Sicher wären wir auch angerufen worden, aber ich wollte schwarz auf weiß lesen, dass Du wirklich zu uns kommst. Es stand alles fest und nichts hat sich geändert. Wir haben die letzten Tage mit Chester genossen, die letzten Spaziergänge alleine, die letzten gemütlichen Couchabende ganz alleine und dann kam der Samstag ...

Chester

Meine Schöne, lass mich kurz etwas über Chester erzählen. Auch er hat sein Päckchen mitgebracht und die Auswirkungen durftest Du noch miterleben. Als Du ihn kennen gelernt hast, war er fast zwei Jahre alt und für einen jungen Golden Retriever schon recht vernünftig. Ein heranwachsender Kerl in der Flegelphase, aber das Schlimmste hatten wir schon hinter uns. Viele Fortschritte, aber auch herbe Rückschläge, in denen wir immer wieder gezweifelt haben, ob wir die Menschen sind, die ihm helfen können.

Wir haben uns sehr schwer getan und viele Jahre überlegt, ob ein Hund wirklich in unser Leben passt. Endlich war die Entscheidung gefallen und dann musste noch überlegt werden, was es denn für einer sein sollte. Ein großer Hund sollte es werden, das war unsere persönliche Vorliebe, gerne ein Rüde. Natürlich habe ich in meinen Träumen den wohlerzogensten und unproblematischsten Hund der ganzen Welt gesehen. Wir wussten sehr genau, was wir nicht wollten: keinen Tierschutzhund. Er sollte schließlich von klein auf bestens geprägt sein. Denk jetzt nicht, dass ich ein Problem mit dem Tierschutz habe. Immerhin haben wir schon viele Katzen aus fragwürdiger Herkunft durch unser Haus laufen gehabt. Um ehrlich zu sein, haben wir noch nie ein Tier aus einer ordentlichen Zucht gehabt. Ich hatte einfach Angst, dass wir das nicht bewältigt bekommen, wenn unser erster Hund schon Probleme mit sich bringt. Keinen Golden Retriever, weil ich einmal einen vor langer Zeit begleiten durfte. Eine großartig ausgebildete Jagdhündin, die die Messlatte in meinem Kopf einfach zu hoch gehangen hatte. Keinen Hund mit Jagdtrieb. Wir wollten uns das Leben nicht unnötig schwer machen. Und hübsch sollte er auch noch sein. Sollte machbar sein und unsere Wahl fiel auf den Berner Sennenhund. Ein Züchter war schnell gefunden und jetzt hieß es auf einen Wurf warten. Natürlich hatten wir in der Zwischenzeit auch allen, die es wissen und auch denen, die es nicht wissen wollten, erzählt, dass wir einen Hund bekommen – irgendwann in der Zukunft. Liebe Luna, das Leben geht manchmal seltsame Wege. Wir hatten uns auf eine lange Wartezeit eingerichtet und alle waren zufrieden mit der Situation, als das Telefon klingelte.

Meine Freundin rief an und erzählte, dass sie unseren Welpen gefunden hat. Bei der Rasse war sie sich nicht ganz sicher. Er wäre halt noch so klein, aber lieb und niedlich. Vielleicht ein Goldie. Ein Pflegehund bei einer Dame aus der Nachbarschaft, der aus dem Tierschutz kommt. Das waren alle Kriterien, die wir ausgeschlossen hatten in einem. Gut, er war hübsch, aber sonst stimmte einfach nichts. Wir haben lange darüber nachgedacht und nach zwei Minuten zurückgerufen. Unser Bauch hatte eine Entscheidung getroffen: Diesen Hund wollten wir kennen lernen. Im Eilverfahren wurden Kontaktdaten ausgetauscht und wir bewarben uns offiziell für einen elf Wochen alten Golden Retriever, unseren Chester. Alle Beteiligten hatten ein gutes Bauchge-

fühl und schon nach kurzer Zeit war das Pflegefrauchen persönlich zur Vorkontrolle bei uns. Im
Schlepptau hatte sie einen unendlich niedlichen
kleinen Mann mitgebracht, der unser Herz im Sturm
erobert hat. So kam es, dass wir wenige Tage später mit einer Leine in der Hand zu ihr gefahren sind
und unseren Dicken abgeholt haben. In den elf Wochen hat er schon einiges erlebt. Von einer guten
Prägung war nichts zu sehen. Das Schlimmste hatte
sein Pflegefrauchen mit ihrem Rudel abgefangen.
Wir waren bereit, uns dieser Aufgabe zu stellen.
Hätten wir zu diesem Zeitpunkt gewusst, wie viel
Arbeit auf uns zukommt, hätten wir nicht eine Sekunde gezögert und es wieder genau so entschieden. Chester ist ein sehr unsicherer Hund, den viele
Sachen so stark beunruhigen, dass er kopflos in
Panik losflüchtet. Daneben hat er aber durchaus die
Neugierde und den alterstypischen Dickkopf, der bei
Golden Retrievern legendär ist. Knapp berichtet,
wechselt sein Verhalten zwischen Flucht vor dem
Fahrrad und Jagd auf das Fahrrad in einer für uns
nicht vorhersehbaren Reihenfolge ab. Das Leben ist
ziemlich aufregend geworden. Wir haben unendlich
viel Zeit und Arbeit in ihn gesteckt und sind mit dem
Hundertfachen belohnt worden.

Nach etlichen Stunden in der Hundeschule haben
wir immer noch einen sehr unsicheren und ängstli-
chen Hund, mit dem die banalsten Alltagssituationen
manchmal zum Spießrutenlauf werden. Wir haben
aber auch einen Hund, der sich blind auf mich ver-
lässt, weil wir schon so viele Situationen gemeinsam
durchgestanden haben, die er alleine nicht bewältigt

hätte. Er vertraut mir auch in Situationen, die er für inakzeptabel hält und fügt sich in sein Schicksal. Er ist mein treuer Begleiter in allen Situationen. Er, für den so vieles schrecklich ist, kann in seiner Komfortzone ein Clown sein, mit dem man unendlich viel Spaß haben kann. Er ist ein lernwilliges Arbeitstier, der sich zum absoluten Streber entwickelt und uns immer wieder überrascht. Die Narben, die er mitgebracht hat, werden immer bleiben, aber es ist unser heißgeliebter Goldie, den wir für nichts auf dieser Welt hergeben wollen.

Die ersten beiden Jahre hast Du nicht mitbekommen. Für Dich war Chester ein Kumpel, der manchmal seltsam reagiert hat, aber dies konnte Dich nicht aus der Ruhe bringen. Schnell hast Du gemerkt, was er braucht und Du warst genau wie wir Zweibeiner für ihn da, wenn er Unterstützung gebraucht hat. Wir haben unser Bestes gegeben, um ihm Sicherheit zu vermitteln, aber wir sind halt Menschen und keine Hunde. Dich konnten wir nicht ersetzen, nicht einmal im Ansatz. Doch kommen wir zu Dir, weil das Schicksal erneut zugeschlagen hat und sich in der Form einer schwarzen Schönheit gemeldet hat.

Endlich ist es so weit -Du kommst!

Du kannst Dir gar nicht vorstellen, wie sehr wir auf Dich gewartet haben. Du weißt ja inzwischen, dass wir nicht zu den Frühaufstehern gehören. Normalerweise steht am Wochenende nur einer von uns Großen früh auf, um die Hunderunde einzuläuten. Erst danach gibt es ganz in Ruhe das Frühstück. Das sah an diesem Samstag ganz anders aus. Um halb sieben war die komplette Familie schon am Frühstückstisch, Rechner und Handy griffbereit. Bei Chester war es damals anders, weil wir zum Einen noch nicht im Forum waren und die ganze Aufregung im Vorfeld nicht mitbekommen haben und zum anderen war Chesters Pflegestelle nur 8 km von uns entfernt, so war gar keine Fahrkette nötig. Bei Dir war es anders, weil Du ganz aus dem Süden Deutschlands bis zu uns in den Westen kommen musstest. Wir haben oft an diesem Morgen an Dich gedacht und waren einfach nur aufgeregt. Wir haben immer noch gezittert, ob Du wirklich kommst. Um neun sollte es losgehen und wir haben gewartet und gewartet. Erst am späten Nachmittag sollten wir Dich eine Stunde von unserem Wohnort entfernt in Empfang nehmen. Ein langer Tag für Dich, meine Schöne. Wir haben Deine Route endlos oft mit dem Finger auf der Landkarte verfolgt, die Verkehrsnachrichten liefen bei uns in Echtzeit ein. Ich hätte gerne jeden Einzelnen aus der Fahrkette in meine Arme genommen und mich bedankt, aber die meisten kannte ich ja nur aus dem Forum und dann hätte ich Dich ja auch direkt selber abholen können. So haben wir gewartet und um kurz nach neun kam dann endlich die erlösende Nachricht, dass Du unterwegs bist. Es muss ein sehr trauriger Abschied gewesen sein, bei dem viele Tränen geflossen sind, aber davon haben wir nicht viel erfahren. Das ist so üblich, damit wir mit Dir unbefangen starten können und Deine Familie mit Dir abschließen kann. Stell Dir vor, wie wir hier gesessen haben. Wir haben Alltag gespielt, an diesem Tag, der alles verändert hat.

Luna sitzt im Auto und fährt nach Gersthofen

Geschrieben am 7. März, 9:08 Uhr,
live von der Fahrkette

Mir ist gerade ein tonnenschwerer Stein vom Herzen gefallen. Ich hatte doch noch Angst, dass etwas schief geht.
Noch einmal vielen, vielen Dank an alle Fahrer!
Fahrt vorsichtig und kommt wieder gut nach Hause und noch einmal DANKE, DANKE, DANKE!!!

Geschrieben am 7. März, 9:15 Uhr

Diese Nachricht war unser Stoßgebet der Erleichterung, weil Du jetzt wirklich unterwegs warst – zu uns. So viele Menschen haben sich an diesem Samstag auf den Weg gemacht, um Dich zu uns zu bringen. Ich habe auch schon einige Male bei Fahrketten mitgemacht, aber noch nie ist mir die Bedeutung so bewusst gewesen wie an diesem Samstag. Vorher bin ich halt einfach zu dem Treffpunkt gefahren und habe einen Hund entgegengenommen – zum nächsten Treffpunkt gefahren und Hund übergeben, eine ganz unspektakuläre Sache, bis man selber betroffen ist. Ich habe etliche Male gebetet, dass alle gut ankommen, dass es Dir gut geht. Der ganze Stress muss für Dich enorm gewesen sein – in unseren Gedanken. Wir haben alles genau verfolgt, jedes Umsteigen und jeden Wechsel. Alle haben Dich gelobt, dass Du so eine gute Mitfahrerin bist. Du hast jeden fröhlich begrüßt und bist auch nach einigen Stationen noch gerne ins Auto gehüpft. Einmal hast Du gefiept und es wurde eine kleine Pause eingelegt, in der Du Dich erleichtern konntest und dann ging es weiter. Wir haben Bilder von unterwegs geschickt bekommen und wir konnten sehen, dass Du wirklich ganz entspannt gelegen hast. Wir waren erleichtert. Unterwegs gab es doch ein wenig Stau und Deine Reise hat sich verzögert. Es trudelten die Nachrichten ein, dass Du Dich verspäten würdest, und wir waren wieder in der Warteschleife. Vereinbart hatten wir, dass wir losfahren, wenn Du im letzten Auto sitzt, damit wir keine endlose Zeit am Treffpunkt verbringen mussten. Die Kinder sollten hier bei Chester warten und dann mit Herrchen und Chester zur Wiese kommen, wenn wir wieder zu Hause sind. Natürlich vollkommen tiefenentspannt, versteht sich ja von selbst!

Genauso vollkommen tiefenentspannt sind wir dann doch viel zu früh losgefahren, vielleicht ging es ja doch schneller und wir wollten Dich nicht warten lassen. Außerdem hatten wir keine Ruhe mehr zu Hause. Das Handy hatten wir eingepackt, die mobile Internetverbindung bis zum Maximum ausgereizt, aber jetzt selber unterwegs im Auto. Und natürlich zu früh ... als wir am Treffpunkt angekommen sind, bist Du gerade in das letzte Auto eingestiegen. Du kannst Dir gar nicht vorstellen, wie langweilig so ein Treffpunkt sein kann. Aus gutem Grund sind diese Treffpunkte meistens sterbenslangweilig. Nicht alle Hunde sind so entspannt wie Du. Es gibt auch ehemalige Zuchthunde, die kaum einen Alltag außerhalb des Zwingers kennen, für die ist die ganze Fahrkettenaktion schon der absolute Stress. Daher sind die Treffpunkte meist ruhig und etwas abseits gelegen, damit nicht noch viele Menschen und Geräusche auf die Hunde einprasseln. So standen wir also im Koblenzer Nichts und haben gewartet. Im Minutentakt wurde der Handyempfang kontrolliert und jedes einzelne Auto beobachtet. Wir hatten Autotyp und Kennzeichen und hier war nicht viel los, trotzdem hatten wir Angst, dass wir Dich vielleicht verpassen. Es hätte ja eine theoretische Chance gegeben, dass Deine letzte Station fliegen konnte und die Strecke innerhalb von fünf Minuten bewältigt hätte. Nein, Spaß beiseite, wir hatten keinen Platz mehr für rationale Gedanken. Wir würden uns hier nie wieder wegbewegen, bevor wir Dich nicht in Empfang genommen hätten. Auf dem Parkplatz kannten wir inzwischen jeden einzelnen Stein und jedes Grasbüschel. Es kam sogar noch ein Bild von Dir – unterwegs im letzten Wagen mit einer ungefähren Zeitangabe … eine halbe Stunde noch. Und wir haben weiter dort gesessen, sind ein paar Schritte nach links und nach rechts gegangen und haben gewartet.

Endlich, Dein Herrchen hat es zuerst gesehen: Der Wagen kam und wir standen debil grinsend und winkend neben unserem Auto. Als wenn uns der andere Fahrer übersehen hätte. War ja nichts los hier. Egal, wir haben gewunken, um klar zu machen, dass wir auf Luna warteten und dann bist Du zu uns gekommen.

Direkt neben uns hast Du geparkt und wir wollten uns komplett an den Verhaltenskodex halten, wie man fremde Hunde begrüßen sollte: also keinen direkten Blickkontakt. Vorsichtige Annäherung und Körperkontakt sollte von Dir ausgehen. Wir hofften, dass Du einfach bei uns einsteigen würdest und wir Dich nicht nötigen müssten. Wir haben uns auf einen unsicheren, gestressten Hund eingerichtet. Du warst eine ganze Weile unterwegs und Du bist immer wieder zu anderen Menschen in das Auto gestiegen. Wir haben einmal durchgeatmet und erst mal Deine Fahrer begrüßt. Sie waren vollkommen begeistert von Dir und haben erst mal aufgeatmet, dass wir so ein großes Auto hatten. Langsam begriffen wir, was es bedeutet, dass Du mit all Deinen Sachen gekommen bist. Bevor wir aber umgeladen haben, durftest Du erst mal rauskommen. Wir waren wirklich auf alles gefasst, aber nicht auf Deine Reaktion. Mit allerbester Laune bist Du schwanzwedelnd in meine Arme gelaufen und hast mich begrüßt. Ganz selbstverständlich hast Du mein Gesicht abgeleckt und Streicheleinheiten eingefordert. Das hat uns umgeworfen und wir haben von einem Ohr zum anderen gestrahlt. Unser Herz hast Du im Sturm erobert. Du hast uns umgehauen. Du kannst Dir gar nicht vorstellen, wie erleichtert wir waren. Endlich konnten wir Dich live sehen und Dich anfassen. In unserem Auto hast Du Dich ganz gemütlich hingelegt, natürlich mit doppelter Leinensicherung, aber das hat Dich nicht die Bohne interessiert. Du hast Dich einfach hingelegt und keinerlei Anstalten gemacht, wieder auszusteigen. Schnell haben wir den Rest des Autos mit all Deinen Tüten und Taschen und Deinem Körbchen gefüllt. Dann eine letzte Umarmung an Deinen letzten Fahrer und ein letztes Danke. Es konnte losgehen. Unser Abenteuer mit Dir war Wirklichkeit geworden. Wir haben sofort zu Hause angerufen und die Mädchen haben sich gefreut und sich bereit gehalten, obwohl wir noch eine Stunde nach Hause fahren mussten. Im Forum haben wir auch Bescheid gegeben, wir waren ja nicht die einzigen, die Deine Reise verfolgt haben.

Luna ist nun bei manu77 im Auto und fährt gemütlich in die PSmB

Geschrieben am 7. März, 15:44 von der Fahrketten-koordinatorin

Letzte Etappe. Danke an alle. Luna ist total nett und hat uns wedelnd und abschleckend begrüßt. Jetzt liegt sie ruhig hinten. Noch mal vielen Dank für alle, die heute unterwegs waren.

Geschrieben am 7. März, 15:46

Wir hatten ja schon einen Plan ausgearbeitet: Dein Herrchen sollte uns beide bei uns an der Wiese raus lassen, nach Hause fahren, Deine Sachen ausräumen und dann wollte er mit Chester und den Kindern dazu kommen. Aber erst mal mussten wir nach Hause kommen. Im Auto konntest Du schon einmal Chesters Geruch wahrnehmen. Wir waren nervös, aber unendlich glücklich, dass Du endlich bei uns warst – zumindest schon einmal in unserem Auto.

Luna ist mit manu77 zu Hause angekommen.

Allen Fahrern, die das heute ermöglicht haben, ein herzliches Dankeschön!

Geschrieben am 7. März, 17:25 von der Fahrketten-koordinatorin

Willkommen zu Hause, meine Schöne! Endlich waren wir da. Auf den letzten Metern warst Du doch ein wenig ungeduldig, aber das hat Dir niemand verübelt. Wir sind in die nächste Parktasche gefahren und vorsichtig ausgestiegen. Wieder mit doppelter Leinenführung. Wir hatten ja keine Ahnung, wie Du so bist. Du wolltest jetzt erst mal einfach raus. Du hattest keine Ahnung, wo Du hier bist, aber es schien Dir zu gefallen. Wir mussten nur ein paar Schritte gehen und dann waren wir auf der Wiese. Du hast es ziemlich eilig gehabt, erst mal musstest Du das tun, was Hunde halt so tun. Über ein paar Leckerchen hast Du Dich auch gefreut und danach hast Du Dich erst mal nach Herzenslust gewälzt. Du hast gar nicht mehr aufgehört und ich habe mich zu Dir gesetzt. Du bist an mich ran gerutscht und hast sehr zufrieden ausgesehen. Merkst Du, wie sich hier der Kreis schließt? Die ersten Minuten mit Dir haben nur mir gehört, genau wie Deine letzten. Es war so schön, Dir zu zusehen.

Es hat gar nicht lange gedauert, dann kam auch der Rest der Familie. Wir wollten ja ganz vorsichtig, Euch Hunde zusammen führen, aber Ihr hattet andere Pläne. Ich habe Dich kurz darauf aufmerksam gemacht, dass da noch jemand ist und Du bist losgerannt – Chester auch. Wir haben aus dem Bauch heraus entschieden, dass wir Chester losmachen, Du hattest mich im Schlepptau. Weißt Du noch, was Ihr gemacht habt? Da war keine Spur von Misstrauen oder Vorsicht. Ihr fandet Euch toll, vom allerersten Augenblick an. Ihr habt Euch schwanzwedelnd beschnuppert und dann habt Ihr getobt, soweit das mit mir an der Leine ging. Die Kinder hast Du auch begrüßt, mit der gleichen Freude wie Du Chester begrüßt hast. Dein Herrchen kanntest Du ja schon aus dem Auto und vom Treffpunkt, er wurde also auch direkt überschwänglich begrüßt. Spontan haben wir auf einen gemeinsamen Spaziergang verzichtet, weil Du rennen wolltest und Ihr Euch auf Anhieb verstanden habt. Also sind wir alle zusammen nach Hause gegangen, damit Du Dich dort im Garten frei bewegen konntest. Wir waren alle noch ein wenig ungeübt mit zwei Hunden neben uns und Dich konnten wir noch gar nicht einschätzen, aber zum Glück waren es nur wenige Meter. Wir waren beeindruckt von Dir, weil Du so schön und selbstverständlich neben uns gelaufen bist. Ich weiß noch, wie ich Dein glänzendes Fell bewundert habe und wie Du Dich beim Laufen an mir orientiert hast, obwohl Du mich gar nicht kanntest.

So sind wir nach Hause gekommen. Nach einem langen Tag warst Du endlich da. Wir waren beeindruckt von Dir und konnten unser Glück gar nicht fassen. Wir sind erst mal mit Euch in den Garten gegangen, damit du mal frei laufen konntest. Dich ungesichert über die Wiese laufen zu lassen wäre unverantwortlich gewesen. Da wir unsere Aufgabe ernst genommen haben, war natürlich immer jemand bei Euch. Wir wollten Streitigkeiten direkt unterbinden, war aber gar nicht nötig. Du hast Dich einmal umgesehen und erst mal in meinem Lavendel gewälzt. Dein Einzug war das Ende meines Kräuterbeetes, aber es sei Dir verziehen, Du hast unendlich gut gerochen. Das Du Dich auch gerne in anderen Sachen gewälzt, aber das wussten wir zu dem Zeitpunkt noch nicht.

Ihr beide habt erst mal zusammen gespielt, so wie Retriever das halt machen. Es sah gefährlich aus und es hat sich furchtbar angehört, aber Ihr hattet Spaß. Es war schön, Euch zu beobachten, weil Ihr Euch die ganze Zeit gespiegelt habt. Der eine fängt an, sich zu schütteln und der andere macht es nach. Wir hatten nicht einmal den Eindruck, dass es Unstimmigkeiten zwischen Euch gibt und uns ist ein Stein vom Herzen gefallen. Chester schien auch sehr glücklich zu sein. Ihr habt Euch wirklich von Anfang an sehr gut verstanden. Du kannst Dir gar nicht vorstellen, wie toll dieser Tag für uns war. Es fühlte sich alles so richtig an. Du warst das Glied, das uns noch gefehlt hat.

Nachdem wir Euch eine kurze Zeit beobachtet hatten, haben wir beschlossen, dass wir uns keine großen Sorgen machen müssen und wir Großen sind rein gegangen und haben erst mal nachgesehen, was Du so alles mitgebracht hast. Du bist mit rein gekommen und hast Dich erst mal umgesehen. Deine Kudde und Deine Näpfe standen schon bereit. Du hast Dir alles genau angesehen und schienst zufrieden. Dann bist Du zu mir gekommen und wir haben gemeinsam ausgepackt. Weißt Du noch, was Du alles mitgebracht hast? Eine ganze Menge, alles, was man so als Dame braucht. Daneben war aber auch noch ein ganzer Beutel mit Äpfeln, Deine geheime Leidenschaft! Du hast liebend gerne einfach so einen ganzen Apfel verputzt. Beim Reifegrad warst Du nicht wählerisch, da ging alles zwischen unreif sauer und schon angefault. Deine Familie hat uns noch einen sehr langen und lieben Brief geschrieben. Sie hat uns gebeten, dass wir gut auf Dich aufpassen und wir haben uns geschworen, dass wir das einhalten. Leider hat es nur bedingt geklappt, aber das weißt Du ja selber. Du hattest einen anderen Plan. Mit jeder Zeile konnten wir spüren, wie sehr Du geliebt wurdest und Deine Familie hat noch oft betont, dass Du ein ganz besonderer Hund bist. Dem konnten wir damals schon zustimmen, heute noch viel mehr. Als Deine Familie Dich gehen lassen musste, ließ sie Dich in der Gewissheit gehen, dass gut für Dich gesorgt wird. Trotzdem waren sie unendlich traurig. Wir haben Dich ins Ungewisse gehen lassen müssen und es hat mir das Herz gebrochen. Ich habe diese Seiten Deiner Familie noch oft gelesen, nachdem Du weg warst und vieles kann ich jetzt noch einmal ganz anders verstehen. Liebe Luna, Du hast uns alle tief berührt und verzaubert. Die Spuren, die Du hinterlassen hast, sind tief und fest und es wird noch eine ganze Weile dauern, bis wir wieder neue Spuren hinterlassen können, ohne über Deine Spuren zu stolpern.

Du entdeckst die Küche

Jetzt darf ich ja verraten, warum dieses Thema ein eigenes Kapitel bekommt, meine Schöne! Lass mich ein wenig ausholen: wir sind immer noch bei Deinem ersten Tag und bis jetzt waren wir vollkommen verwöhnt, was Küchenmanieren bei Hunden angeht. Unsichere Hunde haben auch Vorteile: wenn wir Chester etwas verbieten, dann ist das für ihn Gesetz. Er ist nicht immer einverstanden und zeigt das mitunter auch sehr deutlich, aber es würde ihm niemals einfallen, gegen eine striktes Verbot zu handeln. Sachen, die wir nicht ausdrücklich erlauben, probiert er nur selten aus und wenn er es doch versucht, beobachtet er uns genau und achtet auf unsere Reaktion. Mit Dir ist ein selbstbewusster Hund eingezogen und wir haben schnell gemerkt, dass wir noch viel zu lernen haben.

Liebe Luna, Du musst Dich wie im Paradies gefühlt haben, weil es bei uns abends Pizza gab und wir eine offene Küche besitzen. Das Retriever ja recht verfressen sind, das wussten wir ja schon vorher, aber mit welcher Selbstverständlichkeit Du unsere Küche erobert hast, hat uns überrumpelt. Wir konnte hier immer den Kühlschrank offen stehen lassen, Chester wäre nicht einmal auf die Idee gekommen, dass er da ran gehen könnte. Verstehst Du das? Er wäre niemals auf die Idee gekommen! Als wir an dem Samstag Käse und Gemüse aus dem Kühlschrank geholt haben und uns nur schnell umgedreht haben, stand ein schwarzer Hund schon halb im Kühlschrank – schwanzwedelnd und höchst zufrieden. Zum Glück bist Du ja auch gut erzogen und ein kleines „Nein!!!" hat dann auch gereicht, um Dich davon zu überzeugen, dass das unser Bereich ist. Gut, den Kühlschrank hatten wir geklärt und als unser Territorium erklärt. Wir haben noch jeden einzelnen Küchenschrank erklären müssen. Auf einmal hatten wir einen Hund im Haus, der dachte, dass der Inhalt unserer Schränke Allgemeingut sein muss und vor allem einen Hund, der selbständig Schubladen und Türen aufmachen kann. Was bin ich froh gewesen, dass Deine Familie Dich schon erzogen hat. Wir hätten Spaß bekommen. Den Inhalt der Schränke hast Du wohl für gut befunden. Du hast sehr zufrieden gewirkt. Dann hast Du uns noch gezeigt, dass das Öffnen unseres Mülleimers für Dich auch keine große Herausforderung darstellt. Es tat uns schon fast leid, dass wir Dir am ersten Tag schon gleich so vieles verbieten mussten, aber Küche ist und bleibt unser Gebiet. Nach ganz kurzer Zeit hast Du das zum Glück auch schon verstanden. Das einzige, das geblieben ist: alles, was auf den Boden gefallen ist, war für Dich und es war Dir vollkommen egal, was es war. Ich habe auch eine Vermutung, wie Du mit den Regeln im Hause umgegangen bist. Ich kann zwar nichts beweisen, aber ich glaube, dass wir einen Hund haben, der unsere Regeln als Gesetz ansieht und zwischendurch mal fragt, ob etwas immer noch Gültigkeit hat. Dann haben wir noch den anderen Hund im Haus, der weiß, welche Regeln gelten und auch weiß, dass er oder besser sie sich nicht erwischen lassen darf … Na, meine Schöne, was sagst Du dazu? Die Antwort auf diese unausgesprochene Frage behältst Du wohl auch für Dich, aber es sei Dir gegönnt. Unter dem Strich kann man festhalten, dass Ihr beide sehr gerne gefressen habt. Ihr seid beide überhaupt nicht wählerisch gewesen und wir mussten keine Krümel mehr wegsaugen. Die Schränke und Mülleimer hast Du mit absoluter Sicherheit in Ruhe gelassen, solange wir dabei waren, über den Rest kann ich keine Aussage machen.

Genau so lustig, wie Deine Küchenmanieren, war dann aber auch Dein Fressverhalten. Während Du es nicht erwarten konntest, dass Dein Napf endlich gefüllt wird, hattest Du beim Fressen selber eine unendliche Geduld. Wir waren fasziniert davon, Dir beim Fressen zuzusehen. Ich habe Dich oft futtern gesehen und da gab es zwei ganz unterschiedliche Lunas. Die eine, die genüsslich jeden Bissen langsam kaut und immer wieder zwischendurch einen Schluck Wasser aus dem anderen Napf nimmt und die andere, die in Bruchteilen von Sekunden etwas zu Futtern klauen kann und das ist dann auch weg. Wie hast Du das nur gemacht?

Gefüttert haben wir Euch vom ersten Tag an zusammen in der Küche, der eine in der einen Ecke und der andere in der anderen. Ich habe zwischen Euch gestanden, damit nichts schief läuft, aber Ihr seid ja beide beschäftigt gewesen. Chester war lange vor Dir fertig und sichtlich irritiert. Wahrscheinlich hat er gedacht, dass Du mehr hattest als er, aber wir waren sehr gerecht. Du hast einfach nur langsamer gefuttert.

Nach eurem Abendessen waren wir endlich dran und Du hast Deine Tischmanieren zum Besten gegeben. Betteln trifft den Kern perfekt. Chester versucht es weit ab vom Tisch mit niedlichen Blicken und verzieht sich dann schnell unter den Tisch. Du hast eine große Menge Ausdauer bewiesen und uns in Erstaunen versetzt. Wie gesagt, Du hast ein Selbstbewusstsein an den Tag gelegt, an den wir uns erst mal gewöhnen müssen. Den Kopf auf den Tisch legen, war für Dich keine Herausforderung und Du hast uns so verständnislos angesehen, dass wir schon fast ein schlechtes Gewissen hatten, Dir das zu verbieten. Du hast überhaupt nicht verstanden, dass wir die Pizza selber essen wollten und das auch noch alleine. Du hast alle Register gezogen, natürlich auch niedlich schauen, aber auch Nase und Pfote auf den Oberschenkel legen, ein kleines Bellen und eine unendliche Geduld. Meine Schöne, Du hast nie aufgegeben! 160 Tage bist Du mit der Gewissheit aufgestanden, dass mein Essen auch Dein Essen ist. Tja, diesen Punkt konnten wir niemals ganz klären, aber wir haben Kompromisse geschlossen.

Meine erste Nacht an Deiner Seite

Meine Schöne! Erinnerst Du Dich an unsere erste gemeinsame Nacht bei uns zu Hause. Dir muss alles fremd vorgekommen sein und wahrscheinlich hast Du Dich wie in einem schlechten Film gefühlt, aber Du hast Dir nichts anmerken lassen. Du warst ein wenig schreckhaft an dem Abend, aber das kann Dir niemand verübeln. Jedes Geräusch war neu für Dich und Du kanntest noch nicht unsere Abläufe. Wir waren Dir noch genau so fremd, wie Du uns.

Da wir ja Freunde des Planens sind, haben wir auch diese Nacht nicht dem Zufall überlassen und ich habe bei Euch Hunden unten geschlafen. Chester war überrascht, weil das Sofa sein beliebtester Schlafplatz ist, aber den musste er sich mit mir teilen. Du hast Dich in Deine Kudde gelegt und wirktest sehr zufrieden, aber auch müde. Es war für uns alle ein anstrengender Tag, vieles ist passiert und wir waren alle die meiste Zeit sehr aufgeregt. So sind wir auch alle früh schlafen gegangen und es wurde sehr schnell leise. Ich durfte zum ersten Mal Deine nächtlichen Geräusche hören. Ich war irritiert, weil Chester ein sehr leiser Schläfer ist und jetzt vermisse ich jedes Einzelne Deiner Geräusche. Du hast geschmatzt, geschnarcht und auch hin und wieder laut geträumt. Ich hatte eingeplant, dass Ihr Beide unruhig seid und ich vielleicht zwischen Euch gehen muss, aber weit gefehlt. Ihr habt Euch hingelegt und geschlafen. Ich habe noch eine ganze Weile gelesen, weil ich noch nicht schlafen konnte und ich Dir gelauscht habe. Wir haben noch viele dieser Nächte gemeinsam verbracht, aber diese Erste war eine ganz Besondere.

Ich bin doch irgendwann eingeschlafen und habe Dich nur noch in weiter Ferne gehört. Deswegen war ich so überrascht, dass Du dann doch gegen drei Uhr mal zu mir gekommen bist. Du hast mich mit der Schnauze angestoßen und bist dann zur Tür gegangen. Anscheinend wolltest Du raus, das war selbst für mich mitten in der Nacht und aus dem Tiefschlaf gerissen eindeutig. Chester ist auch wach geworden, weil er gemerkt hat, dass ich aufgestanden bin und wir sind alle gemeinsam in den Garten. Mir war gar nicht bewusst, wie leise und schön es nachts bei uns sein kann. Ich dachte ja, dass Du nur kurz auf die Wiese gehst, Dich erleichterst und wir wieder weiter schlafen, aber da lag ich komplett daneben. Du hattest gute Laune und wolltest toben. Du hast es zuerst bei mir versucht, aber da musste ich Dich enttäuschen, das war definitiv nicht meine Uhrzeit. Bei Chester hattest Du mehr Glück und ich habe Euch zugesehen. Mitten in der Nacht habt Ihr Euch über unsere Wiese gewälzt. Leider war es auch nicht Chesters Zeit und aus erzieherischen Gründen wäre es auch nicht gut gewesen, Dich daran zu gewöhnen, mitten in der Nacht albern zu sein. Wir sind also wieder rein und haben uns hingelegt, dieses Mal hast Du Dich direkt vor das Sofa gelegt und ich habe Deine Ohren gekrault. Dein Fell ist warm und weich gewesen. Die kleinen Locken hinter Deinen Ohren konnte ich um meinen kleinen Finger wickeln, ein schönes Gefühl. Du hast Dich ganz an meine Hand gelehnt und bist wieder eingeschlafen.

Wenige Stunden später hast Du Dein Talent als früher Vogel das erste Mal bewiesen. Liebe Luna, Du bist hier in einen Morgenmuffel- und Langschläferhaushalt gekommen. Natürlich sind wir auch mit Chester früh aufgestanden, aber zum einen gegen sieben und nicht um fünf Uhr und zum anderen in einträchtigem Schweigen. Bei Dir sah das anders aus: wenn Du wach warst, ist die Sonne aufgegangen und du hattest die allerbeste Laune. Immer bereit, diese mit allen um Dich herum zu teilen. Du warst unwiderstehlich, meine Schöne! Um fünf Uhr hast Du also schwanzwedelnd neben mir gestanden und alle Register gezogen, damit ich aufstehe, immer sehr freundlich, aber unmissverständlich. Noch nie hat sich jemand so gefreut, mich morgens um fünf zu sehen. Als ich dann endlich aufgestanden bin, hast Du ein Freudengeheul angestimmt und bist um mich herum gesprungen. Wer kann denn dabei bitte schlechte Laune haben? Das hast Du bis zum allerletzten Tag beibehalten. Du hast Dich unendlich gefreut, über jeden Einzelnen von uns, der morgens aufgestanden ist. Jeden hast Du ungeduldig an der Treppe begrüßt, gerne mit einem Schuh in der Schnauze oder mit anderen Geschenken und immer mit Deinem sehr schönen Freudengeheul. Ich weiß noch, wie Du manchmal ganz verzweifelt warst, weil Dir die Geschenke ausgegangen waren. Du bist dann leicht gehetzt durch die Gegend gelaufen, um etwas zu finden. Das konnte dann auch schon mal ein Geschirrhandtuch, ein Ball oder Deine innige

Liebe Schuhe sein. Du warst nicht wählerisch, wichtig war für Dich nur, dass Du nicht mit einer leeren Schnauze vor uns stehen musstest. Das durfte ich an diesem Morgen mit Dir ganz alleine lernen. Ich muss zugeben, dass ich nicht immer begeistert war, aber Du hattest etwas an Dir, was es uns unmöglich gemacht hat, Dir böse zu sein. Du hast das aus Deiner überschwänglichen Freude heraus gemacht und diese tiefe Freude hast Du uns geschenkt. Einfach so und ohne Gegenleistung!

Wir sind in den Garten gegangen und Du bist wie ein Welpe rumgerannt, immer wieder zu mir und wieder auf die Wiese. Natürlich hast Du Dich auch gewälzt. Weißt du noch, wo? Ich verrate es Dir: In meinem Lavendel natürlich. Dann hast Du Dich ausgiebig geschüttelt. Später wusste ich, dass Du das gerne gemacht hast, wenn Du Dich richtig wohl gefühlt hast. Ausgiebiges Schütteln sah bei Dir immer aus wie bei einer Schraube. Du hast an der Nasenspitze angefangen und dann ging die Bewegung einmal durch Deinen ganzen Körper. Am Ende hast Du nur noch den Schwanz geschüttelt und gerne wieder vorne angefangen. Es hat Spaß gemacht, Dir dabei zuzusehen. Chester hat dann auch gerne mitgemacht. Ihr seid oft wie ein Spiegel gewesen. Das war mein erster Sonnenaufgang mit Dir und ich habe ihn genossen. Meine erste Tasse Tee mit Euch Hunden im Garten in absoluter Harmonie. Wenn ein Tag so anfängt, kann er nur perfekt werden und das war er dann auch. Dieser und noch 159 andere.

Guten Morgen, hier ist Euer Chester,

immer noch nicht alleine. Die schwarze Lady ist
auch noch über Nacht geblieben! War aber super.
Gestern Abend haben wir nicht mehr viel gemacht,
weil wir alle müde waren und der Tag sehr anstrengend war. Frauchen hat bei uns unten geschlafen,
hätte sie aber gar nicht gemusst. Wir haben einfach
geschlafen. Um halb sieben bin ich dann wach geworden und bin mal in den Garten. Luna, so heißt
sie, ist dann auch mit raus und wir haben gemeinsam ein wenig geschnüffelt und wieder aus dem
Teich getrunken. Die Luna ist total nett. Dank ihr
haben wir jetzt alle saubere Ohren: die ganze Familie und ich auch! Wir haben auch schon gespielt.
Nach dem ruhigen Abend und der langen Nacht
waren wir ja ausgeschlafen. Frauchen hat nur noch
geschmunzelt, weil wir uns alles nachgemacht haben. Frauchen meint, dass man einen Spiegel zwischen uns halten könnte. Es ist ganz lustig: die Luna
schüttelt sich gerne und ich habe das einfach mal
nachgemacht. Da hat sie sich gefreut und kaum
noch aufgehört. Ich auch nicht! Heute Morgen hat
sogar Luna angefangen zu spielen. Ich muss aber
auch noch ein wenig lernen, dass sie anders tobt,
als meine Hundekumpel vom Feld. Ich muss ein
wenig vorsichtiger sein. Sie sagt mir dann ganz kurz
Bescheid. Ich höre auf und sie kommt wieder zu mir.
Frauchen war beeindruckt. Streicheleinheiten werden hier im Moment sehr großzügig verteilt und
niemand kommt zu kurz. Habe ihr gestern Abend
mal kurz gezeigt, wie das hier mit dem Geige und
Klavier spielen funktioniert ... und was meint Ihr????
Richtig: sie singt mit. Macht richtig viel Spaß zu-

*sammen zu singen. Luna hat mir auch schon eine
Menge Sachen gezeigt, auf die ich gar nicht gekommen wäre: Türen aufmachen, Schubladen aufmachen ... Sie hört sofort auf, wenn man es ihr sagt.
Finde ich klasse. Werde mal probieren, ob ich das
auch kann. Beim Betteln gab es einmal kurz Streit,
wer den besseren Platz ergattert: Das hat Frauchen
dann für uns geklärt und die Lösung war ganz einfach, nämlich niemand! Mist, hatte ja gedacht, dass
Betteln seit gestern hier erlaubt ist ... man wird ja
wohl mal nachfragen dürfen!*

*Heute Morgen sind wir dann das erste Mal in Ruhe
spazieren gegangen und da habe ich Luna mal mein
Revier gezeigt. Ich habe ihr die besten Plätze zum
Schnuppern gezeigt und wo man am besten irgendwelchen Quatsch machen kann. Luna ist ganz ruhig
neben mir her gegangen und hat sich alles angesehen, was ich ihr gezeigt habe. Die macht aber auch
lustige Sachen: Luna wälzt sich gerne im Raureif.
Das sieht vielleicht lustig aus. Ich habe es auch mal
ausprobiert, aber ich gehe lieber buddeln, so hat
jeder seine Vorliebe. Ansonsten war es eine schöne
und ruhige Runde mit einer netten Dame an meiner
Seite. Uns ist ein Traktor entgegen gekommen und
Luna ist einfach weiter gelaufen - habe ich auch mal
versucht, will mir ja keine Blöße geben, und es hat
hervorragend funktioniert. Sogar ein Fahrrad von
hinten kann Luna nicht beeindrucken. Mein Respekt
wächst immer mehr. Ich muss schon auch zugeben,
dass sie bessere Manieren hat, als ich: die zieht gar
nicht, wirklich gar nicht!!! Herrchen und Frauchen
konnten es nicht glauben, weil ich mich dann einfach
an Lunas Tempo angepasst habe und wir nebenei-*

nander getrottet sind. Wir haben auch fleißig gemeinsam markiert. Mal der eine und dann die andere oben drauf.

Zu Hause gab es ein leckeres Frühstück für uns beide. Bei dem Warten auf das Futter müssen wir beide noch etwas lernen, aber das Futtern selber klappt prima. Wir sind sogar schon beide in der Küche, allerdings weit voneinander entfernt und Frauchen steht dazwischen und wartet, bis wir beide fertig sind. Das dauert bei der Luna ganz schön lange, die isst gaaaaanz langsam und gemütlich. In der Zeit hätte ich schon mindestens drei Portionen futtern können ... Danach gibt Frauchen den Weg frei und wie abgesprochen wechseln wir die Näpfe, um zu sehen, was der andere denn noch so drin hat. Aber Luna wäre kein echter Retriever, wenn das anders wäre: Ihr Napf ist auch immer genau so leer, wie meiner ...Mist, da waren wir wohl beide zu optimistisch! Dabei können wir beide so großartig traurig und unterernährt schauen. Bringt aber nix, da hat sich hier nichts geändert, obwohl das im Duett viel mitleiderregender aussieht!

Geschrieben am 8. Mai 2015; 10:58 Uhr;

Tagebucheintrag von Frollein Luna & Herrn Chester

Die ersten Spaziergänge mit Dir

Oft haben mich Menschen gefragt, ob ich den Schritt jemals bereut habe, Dich zu uns zu nehmen. Sie denken, dass es vielleicht die falsche Entscheidung war, weil die Zeit mit Dir so kurz und mit einem so traurigen Ende versehen war. Ich kann Dir aus vollem Herzen sagen, dass ich nicht ein einziges Mal daran gedacht habe. 160 mal bin ich morgens aufgewacht und war der glücklichste Hundebesitzer auf der ganzen Welt. Ich habe nicht einen einzigen Tag bereut, vielleicht Deinen letzten, aber auch diesen haben wir beide gemeinsam bewältigt. Wenn ich alles vorher gewusst hätte, hätte ich alles genau so gemacht, wie wir es gemacht haben. Wir haben Dich von ganzem Herzen geliebt und Du hast die Liebe und Deinen Sanftmut in unser Haus gebracht. Wir haben unsere Zeit mit Dir genossen, weil Du einfach einmalig warst und uns so reich beschenkt hast.

Wer hier auf Erden so geliebt wurde und immer noch wird wie Du, der muss zu Lebzeiten schon ein Engel gewesen sein

Geschrieben am 25. Oktober 2015; 9:45 Uhr;

von einem Mitglied im Forum

Kannst Du Dich noch an die ersten Tage erinnern? Wir waren positiv überrascht bis leicht genervt. Du warst eine sehr wohlerzogene Dame, das muss ich als erstes zugeben. Ich kannte keinen Hund, der so gut bei Fuß gelaufen ist wie Du und das ganz ohne Ansage. Du hast Dich komplett an meinem Bein orientiert und bist keinen Schritt von meiner Seite gewichen. Dein Tempo könnte man als Schlaftablette im Strandurlaub beschreiben. Du warst langsam und unendlich brav. Nichts hat Dich aus der Ruhe gebracht. Wir haben dich nicht von der Leine gelassen, weil Du ja erst so kurz bei uns warst, aber die Leine habe ich einfach nur gehalten, Du hast nicht einmal kleinste Anstalten gemacht, Dir etwas anzusehen. Zwischendurch bist Du mal zwei Schritte auf die Wiese gegangen, um Dich zu erleichtern, aber danach bist Du sofort wieder neben meinem Knie gewesen. Da bin ich also mit einer zehn Meter langen Schleppleine durch die Gegend geschlichen und Du hast nicht einmal einen halben Meter ausgenutzt. Chester ist in der Zeit wild um uns herum gelaufen, mal nach links und mal nach rechts. Er hat lustige Runden über die Wiese gedreht und Du hast nicht einmal hingesehen. So waren die ersten Spaziergänge mit Dir. Es war zwar eine absolute Erleichterung nach zwei Jahren mit einem jungen Schnösel, aber ein wenig langweilig war es schon. Nachdem wir jeden Tag ein paar Mal gefühlte Stunden durch die Gegend geschlichen sind, konntest Du es jedes Mal nicht erwarten, dass ich die Haustür aufgeschlossen habe und Du in den Garten stürmen konntest. Da bist Du dann gerannt, als wenn es nichts Schöneres geben würde. Wir standen vor einem Rätsel.

Wir wollten Dich so gerne mal laufen sehen, unser Garten ist ja doch begrenzt und offensichtlich bist Du gerne gerannt. Mit Chester wolltest Du wohl auch gerne toben, aber nicht draußen. Wir haben Euch also ins Auto gepackt und sind zu einer Freilaufwiese gefahren. Chester kannte den Weg schon und war entsprechend aufgeregt, während Du einfach neben mir her geschlichen bist. Auf der Wiese konnten wir Dich endlich losmachen und Du hast Gas gegeben. Es war so schön, Dich zu sehen, immer wieder bist Du zu uns zurück gekommen. Wir haben mit Euch beiden ein wenig mit dem Ball gespielt und sind mit Euch zusammen gelaufen. Ein wunderschöner Morgen und wir wussten endlich, dass mehr in Dir steckt. Jetzt mussten wir nur noch herausfinden, wo das Problem beim Spazieren gehen lag.

Wir wussten, dass Du eine Rettungshündin im Ruhestand warst. Von Chester weiß ich, dass er zum Arbeiten immer ein Geschirr trägt und dies bedeutet für ihn, dass jetzt keine Zeit mehr zum rumalbern ist. Vielleicht war das die Lösung? Da Du immer an der Schleppleine warst, hast Du natürlich auch ein Geschirr getragen. Wir sind also eine Runde mit Deinem Halsband gelaufen und ich war überrascht und vollkommen überrumpelt. Jemand muss an der Tür den Hund ausgetauscht haben. Meine Schlaftablette im Entspannungsmodus entpuppte sich als alter Haudegen. Du hast zuerst einen Vorgarten halb umgegraben, weil Du etwas gerochen hast. Unbeirrbar zogen mich 30kg zu dem Haus, während Chester in die andere Richtung gezogen hat. Zum Glück hattest Du eine gut ausgebildete Nase und bevor ich auch noch bei Dir war, hattest Du schon gefunden, was Dich angelockt hatte. Der Hund des Hauses hat dort einen Kauknochen verbuddelt, den Du mit dem größten Stolz präsentiert hast. Das konnte ja heiter werden! Zum Glück kannten wir den Besitzer und nach einer großen Entschuldigung meinerseits und einem Lachen seinerseits sind wir weiter gezogen. Keine zehn Meter weiter hast Du Dein nächstes Opfer gefunden: Auch eine uns bekannte Hundebesitzerin, die Dich schon von unseren Spaziergängen kannte. Sie kam gerade vom Einkaufen und hatte volle Tüten dabei. Mit einer unglaublichen Geschwindigkeit hast Du die Tüten mit der Nase gescannt und Dich siegessicher auf den Weg gemacht. Diesmal war ich aber vorgewarnt und die Leine war gar nicht mehr locker in meiner Hand. Ich saß am längeren Hebel und konnte Dich ausbremsen, auch wenn Du nicht locker gelassen hast. In der Tüte befand sich natürlich Fleisch, das hast Du sofort gerochen und Du konntest es nicht einmal ansatzweise verstehen, dass ich Dich nicht daran gelassen habe. Die Dame nahm es auch mit Humor und so konnten wir weiter. Den Rest des Weges habe ich Dir dann doch mal den Befehl gegeben, neben mir zu laufen und schon hatte ich wieder meine gute, alte Luna wieder. Ein Mittelweg wäre eine feine Sache, aber dafür haben wir noch ein wenig mehr Zeit gebraucht. Je oller, desto doller, meine Schöne! Immerhin wussten wir jetzt, dass Du auch ganz anders sein konntest und wir es in der Hand haben, ob wir einen Arbeitsmodus abrufen wollten oder einen wilden Feger an der Leine haben wollten.

Abends ging es noch mal auf einen kleinen Spazier-gang, unsere klassische Abendrunde und hier habe ich meinen vollen Titel bekommen "Frollein Luna". Das Pflegefrauchen fand es immer so schade, dass ich so unendlich angepasst an der Leine laufe, sie meint ja, dass ich ruhig mal ein wenig mehr zeigen könnte. Tja, bestellt ist bestellt. Das Pflegefrauchen wusste ja, dass ich früher mal ein Einsatzhund war und bei Chesters Trailgruppe ist es so, dass das Geschirr immer auch Arbeiten bedeutet. Kurz bei einem Freund mit Rettungshund nachgefragt, dort ist das auch so, also wurde die Abendrunde mal mit Halsband versucht und ab ging die Lucy. Habe mal gezeigt, was für ein lustiges Ding ich sein kann. Klasse, Chester ist direkt mit eingestiegen. Da ich eine gute Nase habe, habe ich auch sofort die alten Leckerchen in einem Vorgarten von Bekannten ge-funden, zum Glück vergisst der Hund immer, wo er etwas versteckt hat. Ich nicht!!! Habe auch noch eine nette Frau getroffen, die leckere Knochen in der Tasche hatte, alles gefunden. Mein Pflegefrauchen meint, dass es für mich spricht, dass ich trotzdem noch relativ gut höre, was man vom Chester gestern Abend nicht behaupten konnte, aber das ist ja dann Pflegefrauchens Problem und nicht meins.

Geschrieben am 11. März 2015; 9:04 Uhr;

Tagebucheintrag von Frollein Luna & Herrn Chester

Eine weitere kuriose Angewohnheit von Dir war Dein Umgang mit Dreck, Matsch und Wasser. Wir waren vor Dir schon Retriever-Besitzer und wussten, was es heißt, wenn in einer Rassebeschreibung steht, dass der Hund ein Wasserhund ist. Chester ist zwar nicht ganz so verrückt wie manch anderer, aber er macht niemals einen Bogen um einen Tropfen Wasser. Immerhin schmeißt er sich nicht mit dem ganzen Körper rein, meistens zumindest nicht, aber er würde sich niemals eine Chance entgehen lassen, zumindest mitten durch zu laufen. Wir sind stolze Besitzer von Handtüchern, einem Gartenschlauch und einer Waschmaschine und können diese Dinge auch alle einsetzen. Unsere Fußböden im Erdgeschoss sind alle komplett abwaschbar. Wir sind auf alles vorbereitet und es gab zu diesem Zeitpunkt auch schon keinen Zustand, den unser Haus nicht gesehen hat. Ob jetzt ein oder zwei dreckige und nasse Hunde nach Hause kommen ist mir ziemlich egal. Ich hole irgendwann den Feger und den Wischer raus und es sieht alles wieder aus wie vorher. Du warst aber so unendlich gut erzogen, dass es mich sprachlos gemacht hat: Du hast einen Bogen um jede Pfütze gemacht. Du bist nicht einmal auf das Feld gelaufen, wenn ich Dich dazu ermuntert habe. Das wollte ich nicht. Man sollte normalerweise vorsichtig mit seinen Wünschen sein, weil sie sich erfüllen könnten, aber das Risiko bin ich gerne eingegangen.

Wir haben in diesen Tagen eine Entscheidung getroffen, die Dein Leben verändert hat. Du hast Dein Leben lang gearbeitet und warst bestens erzogen. Du warst immer sehr korrekt und wir konnten uns blind auf Dich verlassen. Wir waren fest davon überzeugt, dass es nichts gibt, was wir Dir noch beibringen könnten, aber wir haben doch etwas gefunden. Wir wollten, dass Du einfach Spaß hast und Dich ein wenig ermuntern, auch mal Fünfe gerade sein zu lassen.

Unser erstes Projekt war das Wasser. Liebe Luna, so schön das natürlich ist, wenn man einen Hund hat, der sich nicht schmutzig machen möchte, aber Du warst ein Retriever und die gehören in das Wasser. Also haben wir Dich immer wieder ermutigt, in eine Pfütze zu gehen. Es hat ein paar Tage gedauert und wir mussten Dir oft vormachen, was wir von Dir wollten. Du hast uns angesehen, als hätten wir nicht alle Tassen im Schrank.

Eines Tages war es dann so weit: Du hast Deinen ersten zögerlichen Schritt in eine matschige Pfütze gesetzt, ganz vorsichtig und fragend hast Du mich angesehen. Ich habe Dich gelobt, ein wahres Freudentänzchen habe ich aufgeführt. Du hast ganz langsam Deine zweite Pfote in das Wasser gesetzt, Chester und ich sind auch mit den Füßen und Pfoten ins Wasser. Bei der nächsten Pfütze hast Du mich wieder fragend angesehen und dann, nach meinem Nicken, ganz vorsichtig Deine Pfoten rein gestellt. Als ich wieder gejubelt habe, fing Dein Schwanz an zu wedeln und wir haben uns alle gefreut. Wenn uns da jemand gesehen hätte, der hätte wahrscheinlich auch gedacht, dass wir nicht ganz dicht sind, aber das war uns egal. Das Eis war gebrochen. Du hast Dich noch langsam heran getastet

und nach der fünften Pfütze bist Du ganz reinge-
gangen. Du hast in der Pfütze getobt und gespielt.
Mir ist das Herz aufgegangen, als ich Dir zugesehen
habe.

Guten Morgen, alle zusammen,

*hier ist wieder Euer Herr Chester und was soll ich
sagen: Mit meinem Frauchen scheint irgendetwas
nicht zu stimmen ... ich mache mir ernsthafte Sorgen!!! Es gibt hier ja eine ganze Reihe Regeln, die
undiskutabel sind und immer und überall gelten -
soweit für alle klar und verständlich. Darüber hinaus
gibt es einige Sachen, die nicht unbedingt verboten,
aber nicht gerne gesehen werden und es war immer
von Vorteil, wenn man sich an diese groben Richtli-
nien gehalten hat - wie gesagt, nicht wirklich verboten, aber auch nicht wirklich erlaubt. Darunter fällt
unter anderem das Wälzen in Pfützen. Gestern
dachte ich ja, dass ich meinen Augen nicht traue.
Frollein Luna und ich waren spazieren und Madame
tapert ja die meiste Zeit neben Frauchen her und
macht nichts und wieder nichts. Gestern hatten wir
hier richtig große Pfützen und Frollein Luna läuft los
und pflügt sich durch die Pfütze! Sie guckt noch mal
kurz zu Frauchen und die nickt auch noch und fängt
an zu lächeln. Bei mir hat sie noch NIE (!!!) gelächelt
oder genickt, wenn ich in Schlammpfützen unterwegs war - wirklich noch nie!!! Habe es auch mal
angetestet, aber nicht einmal ich habe den bekannten abfälligen Blick geerntet und so haben wir zusammen jede Pfütze mitgenommen, die auf dem
Weg lag. Ich schwöre, dass Frollein Luna gegrinst*

hat und Frauchen auch ... und ich ... denkt Euch Euren Teil, immerhin geht es um Wasser!

Geschrieben am 31. März 2015; 9:12 Uhr;

Tagebucheintrag von Frollein Luna & Herrn Chester

Deine Spaziersituation sollte sich grundlegend ändern und da bei uns schon am ersten Tag die Entscheidung gefallen war, dass wir aus der Pflegestelle mit Bleibeoption eine Adoption machen werden, sind wir mit Dir einkaufen gefahren. Du solltest ein neues Halsband, ein neues Geschirr und eine hübsche Leine bekommen, aber davon erzähle ich im nächsten Kapitel!

Einkaufen mit Überraschungen

Meine liebe Luna, da hast Du uns ja etwas angetan, aber wir hatten Spaß und am Ende einen glücklichen und satten Hund. Was will man mehr?

Aber lass mich von Anfang an erzählen! Weißt du noch, wie es anfing – unser gemeinsamer Ausflug in den Tierfutterladen? Ich weiß es noch: Ich bin mit Deinem Geschirr nicht so gut zurecht gekommen und es hat ein wenig geklemmt. Auf Deinem Halsband war die Telefonnummer Deiner Familie. Ich wollte nicht, dass Du aus irgendwelchen Gründen mal verloren gehen könntest und Deine vorherige Familie angerufen wird. Immerhin haben sie uns gebeten, gut auf Dich aufzupassen und das wollten wir ja auch, aber man weiß es ja nie. Außerdem war ich genervt, dass ich immer zwei verschiedene Leinen in der Hand hatte. Das hat das Leben nicht gerade einfach gemacht, weil sie eine unterschiedliche Länge hatten. Der wichtigste Grund war aber, dass ich Dir gerne etwas Eigenes kaufen wollte. Etwas, was ganz deutlich macht, dass Du jetzt mein Hund bist. Offiziell waren wir natürlich noch in der Entscheidungsfindung, aber unter der Hand wusste jedermann, dass wir Dich natürlich adoptieren werden.

So haben wir uns auf den Weg gemacht. Auf der Liste standen ein neues Geschirr und eine Leine, dazu gab es noch ein paar neue Leckerchen und etwas zum Kauen. Mit Chester waren wir schon einige Male dort einkaufen und ich kann es ganz kurz fassen, indem ich offen zugebe, dass er es dort ziemlich unschön findet. Chester klebt an meinem Bein und wartet auf die passende Gelegenheit, um schnell abhauen zu können. Sobald er begriffen hat, dass wir nicht aus dem Laden flüchten, verfällt er in eine Art Lethargie und fügt sich in sein Schicksal. Das macht einkaufen mit ihm sehr einfach, wenn er sich einmal damit abgefunden hat, obwohl wir dieses Experiment nicht oft machen.

Dann waren wir mit Dir dort und haben eine Menge gelernt. Zuerst einmal bist Du mit bester Laune und schwanzwedelnd in den Laden gegangen. Freundlich wie Du immer warst, hast Du erst einmal jeden begrüßt. Immer in der Hoffnung auf einen kleinen Leckerbissen oder eine Streicheleinheit, meine Schöne. Es war eine Wohltat mit Dir einzukaufen. Wir haben Dir alles anprobieren können und ganz schnell hatten wir das Richtige für Dich gefunden: es gab für Dich ein leuchtend blaues Geschirr mit passender Leine, das gleiche Modell, das Chester auch schon in braun hat. Das Blau sah großartig zusammen mit Deinem schwarzen Fell aus. Eigentlich lege ich nicht so viel Wert auf solche Sachen, aber ich fand Dich so hübsch damit, dass ich fast geplatzt bin vor Stolz. Luna, wir haben Dir das gerne gekauft. Jetzt war allen klar, dass Du zu uns gehörst, kein Leinenchaos mehr, sondern zweimal das gleiche Modell für zwei Hunde aus einer Familie. Mein Herz hattest Du ja schon erobert und solche Kleinigkeiten zeigten auch nach außen, dass Du jetzt zu uns gehören sollst. Wir dachten, dass diese Sachen noch mindestens für fünf Jahre halten. Jetzt werden sie sogar noch länger halten. Sie liegen mit all Deinen anderen Sachen bei uns im Keller. Ich werde sie wahrscheinlich keinem anderen Hund mehr anziehen. Die schöne blaue Leine liegt jetzt im Keller und ich kann sie nicht einmal mehr ansehen, ohne dass mir die Tränen in die Augen schießen. Ich kann sie aber auch nicht weggeben. Etwas von Dir soll noch hier bleiben. Luna, es war so wenig Zeit mit Dir. Warum musstest Du so früh gehen?

Aber erst mal waren wir ja noch einkaufen, da war unsere Welt noch in Ordnung, oder auch nicht, aber damals dachten wir, dass das Einkaufen mit Dir einer unserer Tiefpunkte war. Nach dem Aussuchen Deiner neuen Leine und des Geschirrs wollte Dein Herrchen nur schnell die anderen Sachen holen. Wir haben in der Zeit vorne gewartet. Wie immer habe ich den Hund an meiner Leine nicht weiter beachtet, besser gesagt, ich habe Dich nicht beachtet, weil ich auf Chester geachtet habe. Du hast entspannt neben mir gesessen und Herr Chester hat sich schon einmal langsam, aber mit aller Vehemenz, die er so an den Tag legen kann, auf den Weg in Richtung Ausgang gemacht. Die ganzen offenen Behälter mit Trockenfutter, Leckerchen und Kaubedarf habe ich gar nicht weiter beachtet. Du hast Deine Chance zielsicher gewittert und ausgenutzt. Bevor ich auch nur einen Gedanken an Dich verschwenden konnte, hattest Du schon klammheimlich Deinen Weg gefunden. Zwei Meter Leine können reichen, um an alles ran zu kommen, wo Du so gerne hin wolltest.

Du hattest mal überall, wo Du entspannt hin konntest, ein Häppchen probiert – also ein Retriever-Häppchen. Die Kauknochen hattest du auch schon gefunden, genau wie die kleinen Spielzeuge, die da in Schnauzenhöhe lagen. Warum liegen solche Sachen eigentlich so offen da rum? Gehen da keine anderen Menschen mit verfressenen Hunden einkaufen? Gut, ein unaufmerksames Frauchen gehört auch dazu.

Relativ spät habe ich erst gemerkt, dass ich Kaugeräusche höre und diese habe ich nicht einordnen können. Dann erst habe ich mich umgedreht und die Bescherung bemerkt. Du musst Dich gefühlt haben wie an Weihnachten! Glücklich und zufrieden warst Du in Deinem persönlichen Paradies und konntest gar nicht verstehen, warum ich nicht Deiner Meinung war. Jetzt war auch Chester auf Dich aufmerksam geworden und war ganz überrascht, dass dieser Laden auch andere Seiten für ihn bereit hält. Da der Herr des Hauses auch eher zu den Liebhabern der leiblichen Genüsse zählt, wurde auch er neugierig und wollte zu Dir, während ich verzweifelt versucht habe, Dich davon abzuhalten, auch das Kaninchenfutter zu fressen.

Am späten Vormittag mussten wir Hunde wieder ins Auto, meine Pflegeeltern wollten mich neu einkleiden. Mein Geschirr klemmt leider ein wenig und meine Leinensituation war auch ausbaufähig. Das Pflegefrauchen meinte auch, dass ein schönes Frol-

lein auch entsprechend ausgestattet werden muss. Ich war neugierig, Herr Chester semibegeistert.

Wir sind also zu dem Laden gefahren und was soll ich sagen, wenn ein Geschäft schon FUTTERHAUS heißt ... Das Pflegefrauchen war schon oft mit Herrn Chester hier und der ergibt sich in sein Schicksal und ist froh, wenn es vorbei ist. Ich habe ihr mal gezeigt, dass so ein Einkauf auch gaaaaaanz anders ablaufen kann. Habe zuerst mal den Fressnapf vor der Tür begutachtet: sehr freundlich vom Personal, leider viel zu wenig drin. Wir haben dann ein neues Geschirr anprobiert und das Pflegeherrchen wollte noch ein paar Leckerchen holen. Wir sind hinterher, Herr Chester klebte an dem Bein von meinem Pflegefrauchen ... ich nicht!!!

Im Vorbeigehen gab es etwas Vogelfutter, Kaninchenfutter, einen großen Hundekeks und am Ochsenziemer habe ich auch noch geknabbert. Das Pflegefrauchen war ja mit dem Herrn Chester beschäftigt. Ich war sehr zufrieden mit der Auslage, ein kleines Bärchen auf Schnauzenhöhe hatte es mir auch angetan, aber dann hat auch das Pflegefrauchen gemerkt, dass ein Zug an meiner Leine meistens nichts Gutes zu bedeuten hatte. Die Krümelspur sprach eindeutig gegen mich und das Leugnen war auch zwecklos. Bin mal schnell zu ihr und habe ihr die Ohren abgeleckt. Die Verkäuferin war überhaupt nicht böse und meinte, dass das eingeplantes Risiko ist und wir mussten nichts extra bezahlen.

Hier komme ich öfter hin, sogar Herr Chester hat mit der Zeit die Vorzüge des Futterhauses erkannt und ist richtig aufgetaut. Unseren Mittagsspaziergang haben wir natürlich mit schickem neuen Geschirr und dazu passender Leine gemacht

Geschrieben am 15. März 2015; 12:40 Uhr;

Tagebucheintrag von Frollein Luna & Herrn Chester

Es war mir so unangenehm und peinlich, in dieser Situation war ich noch nie in meinem Leben, aber immerhin hatte ich Euch jetzt wieder beide unter Kontrolle und ich habe genau Eure Gedanken lesen können. Ihr habt mich für den letzten Idioten gehalten, dass ich Euch von der gedeckten Tafel abgerufen habe. Als Euer Herrchen endlich zurück kam, was nur wenige Minuten gedauert hatte, aber Ihr seid schnell, wenn es um Futter geht, waren wir sehr kleinlaut an der Kasse. Ganz ehrlich haben wir noch alles angegeben, was Du so vertilgt hast: etwa ein halbes Kilo gemischtes Trockenfutter und Leckerchen, eine Schnauze voll Vogelfutter, einen Ochsenziemer und ein angelutschter Quietschebär. Die Verkäuferin hat nur gelacht und erklärt, dass wir kein Einzelfall sind. Es scheint wohl öfter vorzukommen und das Personal ist sehr kulant. Wir mussten nichts bezahlen und sind mit etwa einhundert Entschuldigungen davon gekommen. Trotzdem haben wir Dich nie wieder mit zum Einkaufen genommen. Es war zwar sehr schön, mit einem tiefenentspannten Hund durch den Laden zu gehen, aber so tiefenentspannt war uns doch zu viel. Wir hatten ja auch gedacht, dass Du danach satt und zufrieden bist, aber da haben wir Dich wieder einmal unterschätzt, weil Du Dein Abendessen eingefordert hast, als hättest Du schon Wochen nichts mehr bekommen. Meine Schöne, Du warst eine Dame mit sehr gutem Appetit und hast keine Möglichkeit ausgelassen, um an etwas Essbares zu kommen.

Du hältst uns für seltsam bis sonderbar!

Meine Liebe, Deine ersten Tage sind wie im Flug vergangen und ganz schnell hast Du Dich in unserem Alltag eingefunden. Wir waren erstaunt über Deine Anpassungsfähigkeit. Du hast uns nie in Frage gestellt oder gemeutert. Du hast Deinen Platz in unserer Familie so schnell eingenommen, dass wir bald schon vergessen haben, dass es einmal ein Leben ohne Dich gab. Dein Leben ist ein wenig anders verlaufen als Chesters Leben, das durften wir mit jedem Tag aufs Neue lernen. Für Dich sind so viele Sachen selbstverständlich gewesen, die Chester erst noch lernen musste. Von Anfang an war uns bewusst, dass Dir noch nie etwas Schlimmes passiert sein konnte. Du bist Dein ganzes Leben geliebt worden und diese Liebe hast Du an alle weiter gegeben, ohne auch nur einen Augenblick nachzudenken. Du musst eine tolle Familie gehabt haben, immerhin haben sie aus Dir den allerbesten Hund gemacht, den ein Mensch sich vorstellen kann. Sie haben Dich schweren Herzens gehen lassen und es war eine Entscheidung für Dich, nicht gegen Dich, wie man vielleicht vermuten könnte. Nein, sie wollten Dein Bestes. Wir haben das große Los gezogen, Dir und Deiner Familie zu beweisen, dass wir auf Dich Acht geben können. Du hast einen sehr langen und unendlich lieben Brief von Deiner Familie mit zu uns gebracht. In jeder Zeile konnte man lesen, was man Dir schon an den Augen ansehen konnte: Du wurdest geliebt! So bist Du auch durch die Welt gelaufen, immer in der Ansicht, dass jeder auf dieser Welt es gut mit Dir meint. Auf manche hast Du fast schon ein wenig einfältig gewirkt, aber es war einfach nur Dein grenzenloses Vertrauen in die Welt. Dein Vertrauen, dass alles schon seine Richtigkeit hat und sich alles zu seinem Besten fügen wird. Umso erstaunter warst Du, als Du Chester bei seiner Arbeit begleiten durftest.

Chester hat gar kein Vertrauen. Das Wenige, das er hat, haben wir uns in kleinen Schritten mühsam erarbeitet. Selbst alltägliche Dinge müssen immer mal wieder geübt werden. Daraus ist ein Spiel geworden, das je nach Tagesverfassung schwer oder einfach ist. Immer wieder treffen wir auf Sachen, die Chester gruselig findet. Das kann mal ein Verkehrsschild, ein Mülleimer oder ein Stromkasten sein. Die Liste lässt sich endlos fortführen. Wir haben angefangen, die gruseligen Sachen in unsere Spaziergänge zu integrieren und Chester macht es Spaß. So kann er jetzt um Gegenstände herumlaufen oder sie berühren. Als Belohnung gibt es ein Leckerchen oder ein kleines Spielchen und ich mache mich zum Idioten. Was soll ich sagen, liebe Luna, so sah unser Alltag aus. Ich mache das seit über zwei Jahren so, aber die Fortschritte zeigen, dass wir auf dem richtigen Weg sind und Du hast Dein Bestes gegeben, um Chester zu helfen.

Am Anfang war das für Dich noch unvorstellbar, so hast Du zumindest auf uns gewirkt. Du warst eine große Schweigerin und wir mussten oft raten, was in Deinem Kopf vor sich ging. Das Dich solche Sachen irritiert haben, konnten wir allerdings von Deiner

Stirn ablesen. Es war an einem der ersten Spaziergänge, die wir zu dritt alleine gemacht haben. Dich hatte ich wie üblich neben meinem Bein oder im Schlepptau, weil Du niemals Anstalten gemacht hast, schneller zu sein oder Deinem eigenen Weg zu folgen. Chester hat einen alten Autoreifen auf unserer Morgenrunde entdeckt und war fest davon überzeugt, dass er niemals diesen Weg weiter gehen kann. Vielleicht hat er Angst, dass der Reifen ihn anspringt, ich weiß es nicht. Chester ist in solchen Sachen genauso verschwiegen wie Du. Wir haben eine spontane Übungseinheit eingelegt. Wir hatten Zeit, also machten wir das Beste daraus. Du, meine wunderschöne Beobachterin, bist neugierig geworden, warum wir anhalten. Zu dem Zeitpunkt hast Du Chesters Ängste einfach ignoriert, vielleicht auch gar nicht wahrgenommen. Chester sollte sich also langsam dem feindlichen Reifen nähern und eine Leckerchenspur führte geradewegs zum Reifen. Wenn er ihn berührt hätte, hätte es auch noch den Jackpot gegeben, aber da waren wir noch nicht. Du hast Dich hingesetzt und zugesehen, wie ich mit Engelszungen auf Chester eingeredet habe und ihn versucht habe, von Leckerchen zu Leckerchen in Richtung Reifen zu gehen. Ich habe Dein Gesicht gesehen, Du warst fassungslos. Ich weiß nicht, ob es unter Deiner Würde war oder für Dich einfach nur unvorstellbar, aber Du hast mit absoluter Sicherheit noch nie in Deinem Leben ein Leckerchen dafür bekommen, dass Du Dich einem Reifen genähert hast. In Deinen Augen waren wir komplette Vollidioten und Du hast mich angesehen, als hätte ich nicht alle Tassen im Schrank. Als Chester dann endlich den Reifen mit der Schnauze berührt hat, habe ich ein Freudentänzchen aufgeführt und Deine Meinung über mich stand auf Deiner Stirn. Aber Du warst auch immer verfressen genug, um aus der Situation Profit zu holen. Also hast Du Dein Glück versucht.

Fassungslos, mit welch geringem Aufwand es bei uns eine Belohnung gibt, bist Du aufgestanden. Dein Blick fest auf mich gerichtet, um meine Reaktion zu überprüfen. In Zeitlupe hast du Dich in Bewegung gesetzt und bist zum Reifen gegangen, dabei hast du mich keinen Moment aus den Augen gelassen. Ich wollte Dir Deinen Spaß nicht nehmen. Ich wusste, dass ein Autoreifen für Dich keine Hürde ist. Du hast so etwas nicht einmal angesehen. Aber diesen hast Du berührt, mit der Schnauzenspitze, genau wie Chester. Ganz langsam und immer noch die Augen auf mich gerichtet. Du hast Deine Belohnung bekommen, den Freudentanz habe ich mir gespart, aber ein paar Leckerchen sind auch für Dich herausgesprungen. Deinen Blick hätte ich festhalten sollen. Du hättest nie im Leben damit gerechnet, dass es wirklich funktioniert. Du hast es direkt noch einmal versucht, langsam auf den Reifen zu und mit der Nase ran. Du hast wieder Deine Belohnung bekommen. Jetzt ging es los, Du hast den Reifen ein paar Mal hintereinander mit der Schnauze berührt und jedes Mal ein Leckerchen bekommen, so eine Gelegenheit hast Du Dir nicht entgehen lassen. Es hat so viel Spaß gemacht, Dich zu beobachten. Weißt Du, was noch schöner war: Du hast Chester angesteckt. Er ist natürlich auch neugierig geworden, wie Du auf diese Gefahr reagierst. Ihr kanntet Euch noch nicht gut und habt Euch ganz genau beobachtet. Als er Dein Spiel gesehen hat, ist er mutiger geworden und ist auch noch einmal zu uns gekommen. Vorsichtig hat er sich genähert und hat tatsächlich erneut den Reifen berührt. Luna, an diesem Tag warst Du mein Engel. Ich hätte Dich küssen können – habe ich wahrscheinlich auch gemacht, ich weiß es nicht mehr. Ich weiß nur noch, dass spätestens da die endgültige Entscheidung gefallen ist, Dich in unsere Familie aufzunehmen. Wir haben Dich gebraucht. Jedes Fragezeichen, das eventuell noch in Spuren hinten im Kopf war, war auf einmal weggefegt und ich war die glücklichste Hundebesitzerin der Welt. Ist Dir an diesem Morgen auch bewusst geworden, was Du aus unserem Leben gemacht hast? Seit diesem Spaziergang warst Du Chesters große Stütze, sein Fels in der Brandung. Natürlich war ich das bisher, aber ich bin kein Hund. Ich kann ihm niemals das geben, was Du ihm bedeutet hast.

Auf dem ganzen Rückweg habt Ihr ein Spiel daraus gemacht, es wurde einfach alles berührt, was stand oder lag. Es war das erste Mal, dass ich Dich voller Lebensfreude an der Leine draußen hatte und das erste Mal, dass Chester ohne Ausweichen alles berührt hat, was uns so begegnet ist. Für diesen Morgen bin ich Dir auch heute noch unendlich dankbar. Du hast tiefe Spuren hinterlassen und diese ist eine davon. Chester ist natürlich wieder in alte Muster gefallen und die ersten Wochen ohne dich waren eher chaotisch als entspannt, aber die Grundsicherheit, die Du ihm durch solche kleinen Gesten gegeben hast, ist geblieben. Vielleicht hast Du ja auch verstanden, worum es dort ging. Zumindest hast Du mich nicht mehr angesehen, als wäre ich der letzte Idiot und auch dafür bin ich Dir dankbar. Ich versuche nur, mein Bestes zu geben und manchmal ist der idiotische Weg der Richtige, aber das weißt Du inzwischen ja auch. Wir durften uns lange genug kennen lernen, damit Du das einschätzen konntest.

Der Tag der Entscheidung kommt

Es war eine Formsache, das wussten wir alle, aber zu diesem Zeitpunkt warst Du noch unser Pflegehund. Ich habe fleißig Dein Pflegetagebuch geführt und damit war allen von unserem Tierschutzverein klar, dass es hier keine böse Überraschung geben würde. Alle haben auf den Tag gewartet, dass wir es endlich offiziell machten, aber wir sind manchmal auch prinzipientreu und so haben wir die zwei Wochen abgewartet. Hier war alles vorbereitet. Du musstest noch bei unserer Versicherung gemeldet werden und Deine eigene Steuermarke solltest Du auch noch von unserer Stadt bekommen, aber zuerst der Adoptionsvertrag.

Bei Retriever&friends gibt es einen sehr guten Ablaufplan, wie so etwas funktioniert und wir waren bestens betreut. Für uns war das auch eine Premiere, weil wir ja noch nie einen Pflegehund hatten. In dieser Zeit stand uns nicht nur im Forum jeder mit Rat und Tat beiseite, wir hatten auch eine Pflegestellenbetreuerin. Du kanntest sie sogar persönlich, weil sie die Vorgespräche mit Deiner Familie geführt hatte, wir kannten sie nur aus dem Forum und von sehr netten Telefonaten. Es gab nicht viel zu klären, aber trotzdem war immer jemand da. Du hast zu den problemlosen Hunden gehört, daher gab es nicht viel zu tun: Keine gesundheitlichen Probleme, keine Ängste oder Sorgen haben uns zum Hörer greifen lassen. Es gab durchweg nur Positives zu berichten. Das wir uns in Dich verliebt haben, war jedem klar, der geradeaus sehen konnte, und auch Du schienst in Deiner Rolle bei uns ganz zufrieden zu sein.

Dann kam er also, der Anruf. Lass es mich noch einmal betonen: DER Anruf! Es war ein lustiges Telefonat und wir haben auch beteuert, dass uns die Entscheidung sehr schwer gefallen ist und wir viele schlaflose Nächte hinter uns hatten. Quatsch mit Sauce! Wir haben keine einzige schlaflose Nacht deswegen gehabt und niemand, der unsere Geschichte verfolgt hat, hat auch nur den kleinsten Zweifel gehabt und so haben wir mit einem kleinen „ja, natürlich" Deine weitere Zukunft besiegelt. Alle haben sich mit uns gefreut und noch am gleichen Tag sind die Adoptionspapiere auf den Weg geschickt worden. Du warst endlich unser Hund und wir waren endlich Deine Familie. Wie ein Honigkuchenpferd habe ich den restlichen Tag gegrinst und wir waren alle glücklich und zufrieden. Ein neuer Abschnitt sollte beginnen und wir hatten das erste Mal in unserem Leben ein eigenes kleines Rudel. Wenn ich jetzt zurückblicke, hätte ich gerne an diesem Tag die Zeit angehalten, aber dann hätte ich auch viele schöne Momente verpasst. Ob wir die Entscheidung jemals bereut haben? Das kann ich Dir ganz leicht beantworten: niemals. Wir hätten es ohne Nachdenken wieder getan, auch wenn wir da schon gewusst hätten, was auf uns zukommt. Du hast zu uns gehört und nichts auf der Welt hätte etwas daran geändert. Deine alte Familie war auch erleichtert, dass Du bleiben konntest. Wir haben ihr einen Brief geschickt und berichtet, wie gut Du Dich eingelebt hast. Ein paar Bilder haben wir auch mitgeschickt. Es ist ihnen schwer gefallen, Dich gehen zu lassen und jetzt hatten sie zumindest die Gewissheit, dass Du nicht noch einmal einen neuen Platz zum Leben suchen musst. Wir hatten uns auf ein paar schöne Jahre mit Dir eingestellt. Sicher, wir wussten, dass Du nicht mehr die Jüngste warst und waren uns im Klaren, dass Du noch vor Chester gehen würdest, aber ein paar Jahre hatten wir fest eingeplant. Wir wussten damals noch nicht, wie unbarmherzig ein Schicksal sein kann und vielleicht war das auch besser so. An diesem Tag waren alle Beteiligten zufrieden und fest davon überzeugt, dass nichts mehr schief gehen konnte.

Hallo, Ihr Lieben,

ja, das war eine große Überraschung mit der niemand gerechnet hat, dass die Luna bei uns bleibt. Es war auch eine sehr schwere Entscheidung, die uns viel Zeit gekostet hat.

Quatsch mit Soße ... vom allerersten Augenblick an hätte es hier nicht besser laufen können. Die schwarze Lady passt zu uns wie der Deckel auf den Topf. Wir haben endlich den familieninternen Fehler behoben, jetzt heißt es
2 Erwachsene
2 Kinder
2 Katzen
2 Hunde

Wer hätte gedacht, dass so ein Hund mal im Tierschutz landet und dann haben wir auch noch ausge-

rechnet das Glück, diese großartige Lady zu uns zu nehmen. Chester und Luna sind eh schon in ihrem privaten Paradies und ich bin das allerglücklichste Frauchen auf der ganzen Welt. Besser hätte es nicht kommen können und deswegen war das auch eine ganz einfache, schnelle und klare Entscheidung: die Luna geht nirgendwo mehr hin. Wer sollte uns denn sonst die Ohren sauber machen und uns darauf aufmerksam machen, dass der Mülleimer immer ganz geschlossen werden muss?

Ich danke Euch allen, die uns mit Rat und Tat, aber auch mit ihren Gedanken begleitet haben. Wir machen uns jetzt auf den Weg in eine farbenfrohe Zukunft mit den beiden besten Hunden, die es gibt!!! Ich bin zumindest froh, dass ich jetzt endlich meinen obligatorischen Tippfehler bei Lunas Tagebuch außer Acht lassen darf: ich bin jetzt Frauchen und nicht mehr Pflegefrauchen, endlich darf ich es auch schreiben und freue mich schon, morgen von unserem Mini-Rudel berichten zu dürfen!!!

Geschrieben am 18. März 2015; 13:56;

Tagebucheintrag von Frollein Luna & Herrn Chester

Die Pflegestellenbetreuung ist der Nachbetreuung gewichen, aber das hat für Dich nicht viel Unterschied gemacht. Nach einem halben Jahr hätten wir noch einmal Besuch zur Nachkontrolle bekommen und wir hatten jetzt einen anderen Ansprechpartner, falls Probleme auftreten sollten.

Für Dich hat sich nicht viel geändert, außer einem debil grinsenden Frauchen an Deiner Seite. Die größte Veränderung war, dass Du jetzt ohne Leine laufen durftest. Versichert warst Du jetzt über uns und Sorgen, dass Du weglaufen könntest, musste ich mir nicht machen. Auch ohne Leine bist Du neben mir her geschlichen und hast Dich nur zum Lösen mal kurz auf die Wiese begeben. Ansonsten blieb alles beim Alten.

Spaziergänge mit dir!

Jetzt konnten wir endlich die Leine losmachen, weißt Du noch? Du warst immer noch sehr auf mich fixiert, aber ich habe Dich dazu ermuntert, auch einmal Deinen eigenen Weg zu gehen. Ganz langsam hast Du Dich daran gemacht, die Welt neu zu entdecken. In kleinen Schritten bist Du zuerst mal über das Gras gelaufen und nachher auch etwas weiter weg. Du bist mit Chester zusammen über die Felder gerannt und Ihr habt zusammen gespielt. Es war eine schöne Zeit. Ich konnte mich blind auf Dich verlassen. Du bist immer zu mir zurück gekommen, wenn ich gerufen oder gepfiffen habe. Es war ein Traum. Es gab nur wenige Ausnahmen, bei denen Du unbeirrbar warst: Wasser, etwas zu essen und etwas, in dem Du Dich wälzen konntest.

Mich hat nur ein wenig gewundert, dass Du so langsam warst. Wir haben immer lange gebraucht, bis wir unsere Runden gedreht haben. Immerhin warst Du ja eine ganze Weile im Training und solltest eigentlich mehr Kondition haben, aber auf der anderen Seite bist Du in den letzten Monaten nur wenig gelaufen. Vielleicht lag es daran, Du hast es nicht verraten. Wir haben uns angepasst und gemeinsam einen Mittelweg gefunden. Nach einer Weile haben wir unsere gemeinsamen Runden geschafft, die wir auch früher schon mit Chester gelaufen sind. Jeden Morgen sind wir Drei zusammen an den Rhein gefahren und haben unsere Runde durch das Auenwäldchen gedreht. Wir haben ruhige Sonnenaufgänge am Rhein genossen und uns an uns selber erfreut. Die Ruhe, die Du ausgestrahlt hast, hat uns allen gut getan. Wir haben immer eine Pause auf der Hälfte des Weges eingelegt und ich habe Euch erlaubt, ins Wasser zu gehen. Ich habe in der Zeit auf einem Baumstamm gesessen und Euch zugesehen. Hier ist das Wasser seicht und es gibt keine starke Strömung. Du bist eine richtige Wasserratte gewesen und es hat Spaß gemacht, Dir zuzusehen. Wir haben uns lange darüber unterhalten, dass Du nicht einfach aus dem Wäldchen rüber zum Wasser laufen solltest, weil dort noch ein Radweg kreuzt. Mit der Zeit haben wir einen guten Kompromiss gefunden, indem ich vorgehe und schaue, dann durftet Ihr beide losrennen und Du bist immer direkt ins Wasser gerannt. Dort haben wir uns auch immer für den Rückweg ausgeruht. Diese Pause hast Du gebraucht, das habe ich gemerkt. Hat aber überhaupt nicht gestört! Gibt es etwas Schöneres, als den Tag ganz in Ruhe am Rhein zu starten? Ich glaube nicht. Dabei hast Du Dich gerne neben mich gelegt und wir haben gemeinsam Chester zugesehen, der immer wichtige Sachen zu schnuppern hatte.

Wenn wir anderen begegnet sind, warst Du stets freundlich und immer allerbester Laune. Ich war fasziniert. Ich habe noch nie ein Lebewesen gesehen, dass mit so guter Laune durch das Leben gegangen ist. Du bist fest davon überzeugt gewesen, dass es jeder gut mit Dir meint. Weil Du das so ausgestrahlt hast, hat es auch immer funktioniert. Jeder hat Dich sofort in sein Herz geschlossen, weil Du so offen und voller Liebe warst. Selbst den größten Rüpel, denen wir begegnet sind, hast Du mit Deiner souveränen und ruhigen Art den Wind aus den Segeln genommen. Ich habe nicht ein einziges Mal gesehen, dass Du mal brummen oder gar knurren musstest, Du hast einfach durch Deine Anwesenheit alle beruhigt. Dein großes Geschenk an Chester, aber auch an alle anderen, die Deinen Weg gekreuzt haben. Auch wenn Dein Tempo nicht das Meine war, habe ich die Spaziergänge mit Dir genossen. Ich wäre mit Dir ans Ende der Welt gegangen, aber das wäre vielleicht ein wenig zu viel gewesen.

Mit der Zeit hast Du auch immer mehr Rücksicht auf Chester genommen. Du hast uns alle ganz genau beobachtet und wusstest, wo unsere Baustellen waren. Bei Chester hast Du ganz schnell gemerkt, was ihn gruselt und verunsichert. Du warst sein Fels in der Brandung. Wenn ein Fahrrad kam, hast Du Dich neben ihn gestellt und einfach Deine ganz eigene Ruhe ausgestrahlt. Du musstest nicht einmal viel tun. Die meiste Zeit hast du einfach neben ihm Gras gefuttert oder geschnuppert, aber damit hast Du so viel bewirkt. Wir merken das heute noch.

Hunden und Menschen bist Du vollkommen offen begegnet. Du hast alle freundlich begrüßt und hast immer mal wieder nachgefragt, ob es denn nicht doch eine Kleinigkeit zum Futtern oder eine Streicheleinheit für Dich gibt, gerne auch beides. Du kanntest ganz schnell Deine guten Freunde, die immer etwas in der Tasche hatten. Da hast Du dann aber auch jeden Stolz vergessen. Betteln konntest

Du wie niemand anderes, aber aus Gründen, die ich nicht benennen kann, hat Dir das niemand verübelt. Du warst selber aber auch großzügig im Verteilen von Streicheleinheiten. Vielleicht war das Dein Geheimnis? Es war ein Geben und Nehmen, aber Du hast auch immer darauf geachtet, dass Du nicht zu kurz kommst.

Es war schön, Dich mit anderen Hunden zu sehen. Du bist wirklich niemals in Streitereien verwickelt gewesen. Du hast unsichere Hunde beruhigt und den aggressiven bist Du zielsicher aus dem Weg gegangen oder hast auch diese beruhigt. Ich bin zwischendurch schon ein paar Mal nervös geworden, aber ich habe Dir vertraut und bin belohnt worden. Ich hätte niemals den Mut gehabt, auf jemanden zuzugehen, der so provozierend ist, wie manch einer der „lieben kleinen Schlingel", die hier so durch die Gegend laufen. Du hast es getan, mit Deinem „lass mich mal machen"-Blick bist Du auf den anderen zu und es ist nichts passiert, niemals. Im Normalfall habt Ihr dann noch zusammen auf der Wiese geschnuppert oder sogar gespielt. Nur sehr wenigen Hunden bist Du aus dem Weg gegangen und da wusste ich auch, dass mit denen nicht zu spaßen ist. Du hast Dich nie provozieren lassen und bist solchen Situationen einfach aus dem Weg gegangen. Ich habe schnell gelernt, mich auf Dein Gespür für solche Sachen zu verlassen. Es gab aber auch die anderen Hundebegegnungen. Es gab sie, diese zwei bis drei anderen Hunde, bei denen kein Halten mehr war. Du hattest Deine „Freunde", wenn es das denn unter Hunden gibt. Hunde, die schon von weitem mit Deinem Freudengebell begrüßt wurden und die wir unbedingt treffen mussten. Ich habe es nie so eng gesehen und meistens hatten wir eh Zeit, also warum nicht, wenn es Dir so viel Freude bereitete. Ansonsten warst Du mit Chester vollkommen zufrieden. Ihr Beide habt Euch genügt und ich hätte es nie für möglich gehalten, dass es so eine enge Bindung zwischen Hunden geben kann.

Wir lernen neue Befehle

Was war das am Anfang ein Chaos – für mich, Ihr habt das wunderbar hinbekommen. Du warst ja kein unbeholfener Welpe mehr. Du warst eine gestandene Dame mit einer sehr guten Grundausbildung und einer Rettungshundeausbildung, Arbeitseinsätze inklusive. Da konnten wir uns noch etwas abschauen. Für mich war es sehr schwierig, weil ich nie viel Wert auf gute Erziehung gelegt habe. Natürlich sollte ein Hund hören, aber mir reicht es, wenn Chester kommt und keinen Unsinn macht. Natürlich kennt er die gängigen Kommandos und darauf kann ich mich auch verlassen. Ein paar Kunststücke hat er auch drauf, finde ich auch lustig, aber so punktgenau wie Du, musste er nie sein. Das ist auch schon der große Unterschied zwischen Euch beiden: Du arbeitest wirklich auf den Punkt genau. Ich muss Dir nur etwas sagen und dann machst Du das. Bei Chester arbeite ich sehr viel mit meiner Körpersprache. Er ist auch noch ein junger Kerl, dem man viel zeigen muss. Er mag es auch, wenn man ihn anfasst, um ihm zu zeigen, wohin er denn gehen soll. Um es mal in aller Kürze zu sagen: Du fandest das doof. Es lag unter Deiner Würde, dass man Dir Zeichen gibt. Wenn man Dich angefasst hat, um Dich in eine bestimmte Position zu bringen, hat Dich das eher irritiert. Mit Dir muss man sprechen. Eine klare Ansage und schon warst Du dabei und hast gemacht, was ich gerne möchte.

Dann kam da noch ein anderes Problem dazu: Du hattest teilweise andere Befehle als Chester. Mein Schöne, was meinst Du, was das für eine Herausforderung für mich war. Einige Deiner Befehle kannte ich schon vom Telefon und die habe ich schon vorher hier einfließen lassen. Mein absoluter Lieblingsbefehl, den Deine Familie Dir beigebracht hat, war „Leine". Du bist tatsächlich stehen geblieben und hast ganz geduldig gewartet, bis Du an- oder abgeleint worden bist. Ich bin leider vorher nie auf die Idee gekommen, aber ich war beeindruckt und wir haben das schon vor Deiner Ankunft geübt. Für Dich war „legen" „down" und dies habe ich noch lange Zeit durcheinander gebracht. Ihr habt das schnell verstanden, dass ich das nicht hinbekomme und habt auf beides gehört. Das war sehr nett von Euch, wirklich!

Ich habe in den ganzen 160 Tagen nicht verstanden, was Dein Kommando war, um etwas aus der Schnauze zu nehmen. Ich bin mir sicher, dass es eines gegeben haben muss, aber Du hast es nicht verraten. Da ich mit der Zeit Deine Eigenarten kennenlernen durfte, bin ich absolut sicher, dass Deine Familie mit Dir ein Kommando eingeübt hat. Bei uns war das immer „Hand". Hört sich komisch an, aber Chester soll, was auch immer er in der Schnauze hat, mir in die Hand geben und das funktioniert sehr gut. Wir haben bei Dir alles ausprobiert, was uns eingefallen ist, aber es hat nichts gewirkt. Du warst auch nicht dazu bereit, ein neues Kommando zu lernen. Manchmal konntest Du sehr stur sein, sturer, als mir lieb war.

Andere Sachen hast Du sehr schnell gelernt. Zum Beispiel das Kommando „Auto", gilt bei uns für alles, was uns so entgegen kommt. Also Fahrräder, Autos, Kinderwagen, Roller und ähnliches, und Chester soll sich dann an den Rand setzen. Da es immer ein Leckerchen gibt, hast Du das schnell verstanden und immer vorbildlich ausgeführt. Chester ist immer noch ein begeisterter Jäger. Auch wenn wir das inzwischen gut im Griff haben, gehe ich lieber auf Nummer sicher und lasse ihn am Rand sitzen und dafür wird er belohnt.

Manche Befehle haben sich so eingeschlichen, ohne dass uns dies bewusst war oder wir dies geplant haben. Ganz unabsichtlich ist das „formiert Euch" entstanden und wir haben viele Lacher geerntet. Es gab nur eine richtige Reihenfolge, in der wir das Haus verlassen haben, dies haben wir lange geübt und es hat wunderbar funktioniert. Ich bin am Straßenrand gegangen, Du am Häuserrand und Chester, als der Unsichere, in der Mitte. An den Feldern oder im Wald war mir das egal, wer wo läuft, aber an Straßen war ich da sehr kleinlich. Es hat aber auch Spaß gemacht, solche Sachen mit Euch zu üben und eines Tages ist es mir rausgerutscht und es hat geklappt. Ihr habt Euch sofort aufgestellt und wir sind ordentlich bei Fuß gelaufen. Keiner hat gezogen und keiner ist aus der Reihe getanzt, Chester hat auf mein Bein geachtet und Du hast Dich an Chester orientiert. Daraus ist dann ein halb ernster

Befehl geworden, der aber immer gut funktioniert hat und manchen Passanten zum Lachen gebracht hat.

Auch die lustige Frage, wo die braven Hunde denn hingehen, ist aus einer zufälligen Situation entstanden. Es gab nie Streitigkeiten wegen dem Futter bei Euch, aber ich wollte es zum einen nicht darauf ankommen lassen und ich mag es einfach nicht, wenn ich bettelnde Hunde zwischen meinen Beinen rumlaufen habe, während ich das Futter vorbereite. Es gab also auch hier eine klare Richtlinie für Euch: Jeder sollte in seinem Körbchen warten oder sagen wir in einem Körbchen. Manchmal habt Ihr getauscht oder Ihr seid beide in einem Körbchen gewesen. Das war mir egal, Hauptsache Ihr seid mir aus den Füßen gegangen und habt Euch nicht gegenseitig angepöbelt. Daraus ist dann meine obligatorische Frage geworden. Wo gehen die braven Hunde hin? Ist auch der Lacher in unserer Familie geworden, weil Ihr dann sofort aufgesprungen seid und gar nicht schnell genug in Eure Körbchen kommen konntet. Manchmal habt Ihr Euch schon im Springen hingesetzt oder Ihr habt halb aufeinander gesessen, weil Ihr nicht darauf geachtet habt, ob schon jemand da war. Es hat Spaß gemacht und dieser Befehl ist mir geblieben. Chester hüpft immer noch in sein Körbchen und jetzt muss er nicht einmal mehr aufpassen, ob da noch jemand sitzt.

Dein kleines Stück Heimweh

Liebe Luna, Du hast es uns nie leicht gemacht. Wir mussten immer genau hinschauen, um zu erkennen, ob etwas nicht in Ordnung ist. Nach außen hast Du den Umzug zu uns perfekt gemeistert, hast Dich nicht beklagt und auch nie Anlass zur Sorge gegeben. Wenn man Dich aber ein wenig beobachtet hat, waren da die kleinen Anzeichen, dass es Dir doch nicht so leicht gefallen ist. Nicht nur Du konntest gut beobachten, auch wir haben Fortschritte gemacht.

Am deutlichsten war es zu erkennen, wenn ich weg war. Natürlich hast Du alle aus unserer Familie gemocht und jeder Einzelne war Dir wichtig, aber wir Beide haben die meiste Zeit zusammen verbracht. Ich war Deine feste Größe hier im Haus. Genau wie Du zu meiner geworden bist. Ich habe mir viel Zeit genommen in diesen ersten Wochen mit Dir, habe weniger gearbeitet und mich bemüht, so viel Zeit wie möglich mit Dir zu verbringen. In den ersten Tagen musstet Ihr nicht einmal fünf Minuten alleine bleiben und auch danach habe ich dafür gesorgt, dass meistens jemand da war. Du konntest gut alleine bleiben und Chester auch, aber ich wollte Dir Zeit geben, damit du Dich ganz in Ruhe einleben konntest. Die alltäglichen Sachen sind fast ausschließlich über mich gelaufen, unsere Spaziergänge, das Einüben von Regeln, aber auch Streicheleinheiten und Spiele. So haben wir beide eine sehr enge Bindung bekommen, die wir in vollen Zügen genossen haben. Das Problem war, dass auch ich zwischendurch mal arbeiten gehen musste oder mal einkaufen, die Kinder einsammeln und alles, was man halt so macht. Wenn Du ganz alleine mit Chester zu Hause warst, ging es noch ganz gut. Ich habe in den ersten Tagen immer mal wieder gelauscht, aber es war kein Ton zu hören. Wenn aber jemand anders noch im Haus war, konntest Du ein wahres Heul- und Jammerkonzert anstimmen. Du hast Dich kaum beruhigen lassen und es hat eine ganze Weile gedauert, bis Du begriffen hast, dass ich immer wieder komme. Niemand hat sich hier darum gerissen, zu bleiben, wenn ich aus dem Haus gegangen bin. Das war Deine ganz eigene kleine Art zu sagen, dass auch ein souveräner gestandener Hund unter Verlustängsten leiden kann. Es hat Dir niemand verübelt, weil Du alles andere so gut verkraftet hast. Genau so, wie Du mich vermisst hast, hast Du Dich gefreut, wenn ich wieder gekommen bin. Im Gegensatz zu Deinen Fiep-Orgien hast Du das bis zum Ende beibehalten. Jedes Mal hast Du ein fröhliches Freudengeheul angestimmt und schnell ein Geschenk geholt. Manchmal bist Du regelrecht nervös geworden, weil Du so schnell nichts gefunden hast. Blitzschnell bist Du weg von der Tür gelaufen und suchend durch das Wohnzimmer gestreift. Da konnte es dann auch mal eine Flasche oder ein Schuh sein. Hauptsache, Du konntest mich mit etwas in der Schnauze begrüßen. War auch ganz praktisch, weil Du so nicht so laut bellen konntest. Du hast nicht oft gebellt, aber wenn, dann mit Begeisterung und Ausdauer. An der Tür hast Du grundsätzlich gebellt, auch vollkommen gleichgültig von welcher Seite. Du hast drinnen gebellt, wenn jemand gekommen ist und draußen wenn wir vom Spazieren gekommen sind. Die Türklingel hätten wir getrost abstellen können. Hier lief nichts mehr an der Tür, ohne dass wir es mitbekommen hätten. Chester hast Du damit auch angesteckt und so waren immer fröhliche Laute aus unserem Haus zu hören. Jetzt ist es sehr still hier geworden und ich würde alles dafür geben, noch einmal mit einem Schuh an der Tür begrüßt zu werden oder Dein Freudengeheul zu hören.

Es gab noch eine andere Situation, in der wir gemerkt haben, dass Dir nicht gleichgültig war, wo und bei wem Du bist. Nach wenigen Wochen sind wir mit Dir in einen kleinen Urlaub gefahren. Das war alles schon geplant, bevor wir von Dir wussten und so haben wir beschlossen, dass Du einfach mitkommst. Wir sollten für ein paar Tage den Hof von Freunden hüten und die Hühner versorgen. Für Chester ist es das Paradies. Er kann da einfach auf dem Hof rumrennen und die Spaziergänge finden ausschließlich im Wald statt. Dort liegt auch der Hof, mitten im Wald – unser kleines Paradies, welches wir manchmal hüten dürfen. Zum Glück hat die Fahrt nur eine halbe Stunde gedauert, länger hätte niemand durchgehalten. Du bist schon nervös geworden, als wir zu Hause gepackt haben. Verständlich, weil das letzte Mal, als jemand gepackt hat, Du ausgezogen bist. Trotzdem waren wir erstaunt, als sich unsere brave und vollkommen entspannte Hündin in ein nervöses Bündel verwandelt hat. Du bist nicht mehr von meiner Seite gewichen, hast gewinselt, als ich auf die Toilette gegangen bin und hast niemanden mehr aus den Augen gelassen. Als wir die Hundesachen gepackt haben, bist Du fast durchgedreht und wolltest gar nichts mehr. Wir haben versucht, Dich zu beruhigen, aber da war nichts zu machen. Du warst einfach nur unsicher. Du bist normalerweise immer gerne ins Auto gesprungen, aber an dem Tag hast Du Dich mit allem gewehrt, was Du an Kraft aufbringen konntest. 30kg Gegenwehr, dem mussten wir einiges entgegensetzen, aber irgendwann war es geschafft und Du hast mit uns allen im Auto gesessen. Ja, gesessen! An hinlegen war gar nicht zu denken. Du hast die ganze Fahrt gezittert und gewinselt. Selbst Chester konnte Dich nicht beruhigen und auch von Streicheleinheiten wolltest Du nichts wissen. Wir haben uns gefühlt, als würden wir Dich auf die Schlachtbank führen. Dabei wollten wir nur ein paar Tage mit Dir im Wald verbringen. Es kam kurz der Impuls auf, dass ich mit Dir alleine zu Hause bleiben sollte, aber wir sind tapfer weiter gefahren – zum Glück. Als wir angekommen sind, wolltest Du nicht aussteigen, dabei waren wir vorher schon einmal hier zu Besuch und Du kanntest unsere Freunde und deren Hof. Aber wir mussten mit Engelszungen auf Dich einreden, damit Du mit uns kommst. Als wir Deine Sachen aus dem Auto geholt haben, bist Du wieder nicht von meiner Seite gewichen, wahrscheinlich hattest Du Angst, dass wir Dich alleine hier lassen. Ich weiß es nicht. Es hat eine ganze Weile gedauert, bis Du Dich beruhigt hast und dann hast Du Dir erst einmal alles genau angesehen. Immer noch ein wenig unsicher und bei dem kleinsten Geräusch hast Du Dich wieder in meinen Schatten verwandelt. Erst relativ spät hast Du bemerkt, dass nicht nur Deine Sachen hier sind, sondern auch Chesters Korb und seine Näpfe, außerdem füllte sich das Haus langsam mit unseren

Sachen. Langsam hast Du Dich entspannt und wurdest wieder die fröhliche Luna, die wir kannten. Das war Dein letzter Anfall von Unsicherheit und er war Dir von ganzem Herzen gegönnt. Wie hätten wir Dir erklären sollen, dass wir einfach nur mit Dir in Urlaub fahren und Dich nicht alleine lassen, aber mit Worten konnten wir dich nicht erreichen. Ich habe keine Ahnung, ob Du mit Deiner alten Familie jemals in Urlaub gefahren bist oder ob Du ähnliche Erfahrungen gemacht hast, aber Du hast die Sicherheit gebraucht, dass wir auch hier bei Dir sind. Meine Schöne, als hätten wir Dich jemals wieder gehen lassen!

Hofleben

Nachdem Du Dich einmal eingelebt hast und erfahren durftest, dass wir mit Dir zusammen hier bleiben, warst Du wieder unsere gutgelaunte Hündin, die immer den Schalk im Nacken sitzen hatte und jederzeit gute Laune verströmt hat. Du hast es genossen, zusammen mit Chester die ganze Zeit draußen zu sein und immer warst Du beschäftigt. Entweder hast Du einen Stock zerkleinert oder Du hast den Zaun kontrolliert. Manchmal hast Du auch einfach nur auf der Wiese gelegen und von Sachen geträumt, die Du uns nicht verraten hast.

Guten Morgen, alle zusammen,

hier ist Euer Herr Chester!!! Wir sind gerade im Urlaub und es ist richtig klasse. Ich war schon letztes Jahr einmal hier, aber für Frollein Luna ist es eine Premiere. Wir mussten zum Glück gar nicht weit fahren, weil wir wieder für eine Woche den Hof von Freunden hüten. Im Moment gibt es zwar nur Hühner und die Hofkatze zu versorgen, aber auch die wollen gefüttert werden. Außerdem gehen wir jeden Morgen Eier suchen. Frollein Luna und ich müssen also den großen Bernhardiner bei der Torwache vertreten und das schaffen wir doch mit links. Frollein Luna hat ganz schnell gemerkt, wie schön es hier ist und hat sich erst mal ganz in Ruhe umgesehen. Drinnen haben wir uns auch schon ein nettes Plätzchen ausgesucht - stellt Euch vor: es gibt eine Hundecouch direkt neben dem Esstisch, also Bet-

teln mit Komfortzone!!!

Draußen ist es auch richtig schön: Wir liegen hier
mitten im Wald, der Hof ist das alte Forsthaus und
hier wohnt niemand weit und breit. Außer den Vögeln hören wir hier nichts und wir können ganz lange
Spaziergänge machen. Hier gibt es eine ganze
Menge zum Schnuffeln und für Frollein Luna sogar
einen Bachlauf!!! Da das Wetter viel besser, als in
der letzten Woche ist, haben auch alle Lust auf lange Spaziergänge. Wir Hunde sind eh die meiste Zeit
draußen. Wir müssen ja den Hof bewachen und
haben somit eine wichtige Aufgabe!!!

Heute Morgen haben wir die erste Spazierrunde in
der Dämmerung gemacht und ich hatte den Spaziergang meines Lebens. Es war so aufregend, dass
ich nicht mal genug Ruhe für mein Frühstück an-
schließend hatte und Frollein Luna noch meinen
Rest futtern durfte. Wir waren hier im Wald unterwegs und auf einmal habe ich es gerochen: Reh!!!
Da gab es kein Versehen, das war eine ganz frische
und eindeutige Spur und ich war genau eine Arm-
länge zu weit von Frauchen entfernt, bevor ich los-
gesprintet bin. Da hatte sie dann auch keine Chance. Habe es sogar im Unterholz aufgestöbert und
ein gutes Stück gejagt. Frauchen habe ich vollkommen vergessen. Ich hatte Wichtiges zu tun. Das Reh
war leider viel geschickter als ich hier im Unterholz
und so sind meine Chancen deutlich geringer geworden, aber aufgeben wollte ich auch nicht. Zwischen Frauchen und mir lag inzwischen der Bachlauf und gefühlte 10km Brombeergestrüpp. Mir
schwante schon, dass mein kleiner Ausflug Konse-

quenzen haben würde. Da war ich doch froh, dass so viele Hürden zwischen uns lagen. Außerdem hatte ich die Hoffnung auf Reh zum Frühstück noch nicht aufgegeben. Frauchen hatte ich wohl unterschätzt ... Bachlauf und Brombeeren machen ein wütendes Frauchen vielleicht langsamer, aber es wird nicht aufgehalten. Mist, da kam sie sogar noch mit Frollein Luna im Schlapptau durchgestapft. Immerhin hat sie nichts gesagt. Kommentarlos ging es an die Leine und immerhin war sie so nett, die Brombeerranken aus meinem Fell zu machen, bevor wir weiter gegangen sind. Wir haben uns ein wenig verlaufen, aber ganz schnell hat Frauchen wieder den Weg gefunden und wir haben uns auf den Heimweg gemacht. Ratet mal, wo mein Platz war ...ja, richtig, bei Mutti und zwar ganz nah bei Mutti. Frauchen meint, dass das auch ganz gut war, weil ich immer noch so aufgeregt war. Habe ich gar nicht mitbekommen, weil ich ja mit Ziehen beschäftigt war, aber vielleicht hatte sie recht. So, jetzt bin ich ein wenig ruhiger geworden und so langsam keimt in mir der Gedanke, dass das Konsequenzen haben wird ...

Geschrieben am 6. April 2015; 8:23 Uhr;

Tagebucheintrag von Frollein Luna & Herrn Chester

Die Hühner waren Dir suspekt, mit denen konntest Du nicht viel anfangen und wir waren froh, dass Du keinerlei Jagstrieb besitzt, was man von anderen Hunden in unserem Haushalt nicht unbedingt sagen konnte. Du hast neugierig geguckt und bist dann Deiner Wege gegangen. Für Dich gab es spannendere Sachen zu entdecken. Ich weiß nicht, ob Du jemals eine ähnliche Erfahrung gemacht hast, aber wir konnten beobachten, wie Du immer mehr aufgeblüht bist. Du konntest gar nicht genug davon bekommen, draußen zu sein. Immer warst Du mit dabei und trotzdem hast Du Dich auf jeden Spaziergang gefreut. Du bist zwar keine Jägerin gewesen, aber Deine ausgesprochen gute Nase hat uns immer zielsicher an die nächste Wasserstelle geführt. Dir war es dabei vollkommen egal, ob es sich dabei um einen kleinen Tümpel, eine Pfütze oder einfach nur um ein wenig Schlamm gehandelt hat. Für Dich war nur wichtig, dass es nass war. So haben wir sehr schnell herausgefunden, dass es ganz in der Nähe einen kleinen Bachlauf gab, nicht sonderlich groß und ziemlich zugewachsen, aber das hat Dich nicht im geringsten beeindruckt. Du bist schnell wie der Wind, in solchen Fällen konntest Du tatsächlich richtig schnell rennen, ins Unterholz und dann haben wir es auch schon gehört. Mit einem Platscher warst Du im Wasser und hast uns erwartungsvoll angesehen. Wir hatten keine Ahnung, worauf Du gewartet hast. Wenn Du damit gerechnet hast, dass wir Dir hinterher kommen, mussten wir Dich enttäuschen. Das war uns zu kalt und zu dreckig. Es hat Dich auch nicht gestört, dass nichts weiter passiert ist. Du warst zufrieden damit, dass Du Dein Element gefunden hast. Ich kann es gar nicht mehr glauben, dass ich Dich noch wenige Wochen vorher überreden musste, eine Pfote in eine Pfütze zu stellen. Die Zeiten hattest Du längst vergessen und darüber waren wir froh. Es war eine Freude, Dir zuzusehen.

Den restlichen Wald hast Du auch geliebt. Wir haben viel Zeit dort verbracht und es gab für Dich immer etwas zu schnuppern. Zusammen mit Chester hast Du die Gegend unsicher gemacht und Ihr seid gerne durch die Gegend gestreunt.

Guten Morgen, alle zusammen,

hier ist Euer Herr Chester ... kennt Ihr die Geschichte mit dem Fass und diesem einen letzten Tropfen, der zu einer Pfütze neben dem Fass führt??? Ich kannte die bis gestern nicht, aber jetzt bin ich voll im Bilde und sogar Frollein Luna, damit hat hier niemand gerechnet und so sah dann Frauchen stinksauer aus!!! Am liebsten hätte sie auch sehr unpädagogische Maßnahmen an den Tag gelegt, aber sie konnte sich noch bremsen. Trotzdem muss ich zugeben, dass ich Frauchen noch nie so wütend erlebt habe - noch nie und da ich seit zwei Jahren als Schnösel hier im Haus lebe, habe ich schon einige Erfahrung mit allen "Wut-Stufen" bei Frauchen. Gestern war sie das erste Mal im tiefroten Bereich. Die Geschichte mit dem Reh habe ich ja schon erzählt. Danach war ich eh im Übungsmodus, das war mir schon gestern Morgen klar. Funktioniert hat es aber nur semioptimal, weil ich überall nur tolle Sachen gerochen habe und immer wieder vergessen habe, dass ich auf Bewährung bin. Frollein Luna durfte dagegen frei neben mir her trotten und durch jede Pfütze stapfen. Nachmittags haben wir noch einen langen Spaziergang gemacht - meine Familie wollte einen Geocache machen. War richtig lustig: Er hieß "unendliche Weiten" und die Dose bestand aus … darf nicht verraten werden! Herrchen musste schmunzeln und auch Frauchen konnte sich ein Grinsen nicht verkneifen. Der Spaziergang verlief trotzdem recht anstrengend, weil ich immer wieder daran erinnert werden musste, dass da eine Leine zwischen mir und der Freiheit war. Frauchen war da schon richtig genervt und dann war auf einmal die immer an der Kniescheibe laufende Luna aus dem Blickfeld verschwunden. Sehr untypisch, auch ich war verwundert, aber dann konnte ich mir ein Lachen kaum noch verkneifen: Luna liegt auf dem Boden und wälzt sich genüsslich in ... naja ... Sachen, die eher aus hinteren Körperöffnungen kommen ... und freut sich offenkundig am Leben.

Den ganzen Rückweg hat Frauchen nur noch gemurmelt: "Ich wollte zwei Hunde, ich habe zwei Hunde", und wir haben sie mal in Ruhe gelassen. Da aber auch mein Frauchen der Meinung ist, dass ein Hund genügend Bewegung braucht, sind wir abends noch mal zum Apportieren aufs Feld neben dem Hof gegangen und haben das lustige "Fang mich doch, Du Eierloch"-Spiel gespielt und dann war da wohl irgendwo der eine einzige Tropfen. Das Spiel war schneller vorbei, als ich eingeplant hatte und ein überraschend unsanftes Frauchen greift mich aus dem nächsten Mäuseloch auf. Frauchen hat wohl spontan beschlossen, dass ein Hof genügend Freilauffläche für Hunde bietet und unser Freilauf war beendet.

Heute Morgen sind wir alle beide mit Geschirr ausgestattet worden und somit war das Thema der Morgenrunde klar: Wir bleiben an der Leine ... und

zwar an der Kurzen. Frauchen war wirklich bedient. Schon beim ersten Ziehen an der Leine haben wir uns überraschend deutlich darüber unterhalten und ich habe festgestellt, dass der gestrige Tag Spuren hinterlassen hat. Bin also im Moment brav wie ein Lämmchen und hoffe auf Freilauf am Mittag oder vielleicht wenigstens zur Abendrunde. Heute Morgen stand üben, üben und noch mal üben auf dem Programm und wir haben beide alles gegeben!!!
So, das war unser gestriger Tag mit einer gehörigen Portion Spaß, aber auch einer Menge Lehrgeld! Frauchens Leitspruch: Hier darf jeder alles ausprobieren, muss aber dann mit den Folgen leben. Toll, wir machen Urlaub in einem wunderschönen Wald und wir dürfen an der kurzen Leine spazieren gehen ... Mist, aber selber schuld

Geschrieben am 7. April 2015; 8:14 Uhr;

Tagebucheintrag von Frollein Luna & Herrn Chester

Zum Glück hatten wir genug Platz auf dem Hof und das Wetter hat auch mitgespielt. So konntet Ihr in Ruhe nach unseren Ausflügen in den Wald trocknen und sauber werden. Bei Deinem schwarzen Fell ist das ja nicht weiter aufgefallen, aber sobald man Dich gestreichelt hat, war allen klar, dass Du ein Fall für den Gartenschlauch warst. Wie jeder Retriever hast aber auch Du über eine Selbstreinigungsfunktion verfügt. Nach zwei Stunden war Dein Fell wieder komplett hergestellt, dafür konnte man Deinen Sandspuren folgen. Aber wozu gibt es schließlich

Besen? Die Belohnung waren zwei glückliche und zufriedene Hunde. Was will man mehr?

Liebe Luna, weißt Du noch, was Dir am besten gefallen hat? Ich verrate es gerne. Dass Du gerne gebettelt hast, war kein großes Geheimnis und jeder Kommentar von uns ist an Dir vorbeigelaufen, wie die Wassertropfen aus Deinem Fell. Du hast Dich nicht im Geringsten beeindrucken lassen, weder zu Hause noch hier im Urlaub. Hier gab es aber noch einen Bonus. Bei uns zu Hause bist Du irgendwann unter den Tisch gegangen und hast Dich schweren Herzens damit abgefunden, dass Du wohl verhungern musst. Hier war die Situation ein wenig komfortabler. Es war alles ein wenig enger als bei uns zu Hause und so stand direkt neben dem Esstisch ein altes Sofa. Auf diesem Sofa lag ganz passend schon die Hundedecke von unseren Freunden und Ihr habt nicht lange überlegt, ob Ihr vielleicht auch dort drauf könnt. Natürlich konntet Ihr! So ein Sofa ist keine große Hürde für zwei ausgewachsene Retriever und so konntet Ihr bequem und entspannt vom Sofa aus betteln. Das war ein Leben. Leider warst Du mit dem Ergebnis mal wieder nicht einverstanden, aber immerhin konntest Du jetzt gemütlich liegen, während Du damit gehadert hast, dass nichts vom Tisch herunter gefallen ist. Man muss auch mal das Positive sehen, meine Schöne!

Ansonsten haben wir die Tage einfach in aller Ruhe genossen, mit viel Zeit für Euch und jeder Menge Spaziergänge und Streicheleinheiten. Wie immer, seit Du bei uns gelebt hast, sind wir früh aufgestanden und haben den einen oder anderen Sonnenaufgang gemeinsam und in angenehmem Schweigen genossen. Die Sonnenaufgänge mit Dir werde ich nie wieder vergessen. Ich hätte Dich oft dafür verfluchen können, aber im Stillen habe ich diese ruhige Zeit mit Dir zusammen sehr geschätzt. Vielleicht hätte ich es Dir mal sagen sollen, aber vielleicht hast Du es auch gespürt und mich deswegen so früh geweckt. Außerdem, wer kann Dir schon widerstehen, wenn Du froh gelaunt und in bester Form vor dem Bett stehst. Niemand auf der ganzen Welt hat sich jemals so gefreut, mein Gesicht um fünf Uhr morgens oder um halb sechs zu sehen, meine Schöne! Normalerweise gehen mir die Menschen um diese Uhrzeit aus dem Weg, aber Du hast auch nie viel von mir erwartet. Es hat gereicht, wenn ich Dir aufgemacht und Dir draußen ein wenig die Ohren gekrault habe. Mehr hast Du nicht verlangt und dies habe ich Dir gerne gegeben. Wenn wir wieder drinnen waren, habe ich oft gelesen oder gestrickt und Du hast Dich noch einmal vor meine Füße gelegt. So haben wir dann in aller Stille darauf gewartet, dass die anderen auch noch aufstehen. Wenn Chester auch wach war, sind wir auch schon einmal unsere erste Morgenrunde gelaufen, aber manchmal war es sogar für ihn noch zu früh und wir hatten die Zeit für uns. Die beste Zeit des Tages und das musste ich von Dir lernen. Normalerweise bin ich eher der Abendmensch.

Guten Morgen, alle zusammen,

hier ist Euer Herr Chester, nach anfänglichen Start-
schwierigkeiten hatten wir gestern einen richtig
schönen Tag. Das Wetter war richtig schön und wir
haben fast die ganze Zeit draußen auf dem Hof ver-
bracht. Spazieren waren wir auch, diesmal ganz
brav an der Leine. Mittags haben wir eine getrennte
Runde gemacht: ich war mit Herrchen am nächsten
größeren Bach - das war prima, aber mir zu viel
Strömung. Wäre vielleicht eher etwas für Frollein
Luna gewesen. Frollein Luna ist mit den beiden
Mädchen ganz alleine im Wald gewesen und durfte
da nach Herzenslust durch die Schlammpfützen
laufen. Als wir beide wieder am Hof waren, hatten
wir uns viel zu erzählen und haben den restlichen
Tag mit toben verbracht.

Abends gab es noch ein Bonuspaket: wir sind noch
mal zur Wiese vor dem Hof gegangen und haben
Apportier- und Suchspiele gemacht. Da die Regeln
noch einmal für alle vollkommen klar gestellt worden
waren, war das auch für alle kein Problem und wir
durften wieder frei über die Wiese rennen. Klasse -
das nenne ich mal Urlaubstag!!!

Geschrieben am 8. April 2015; 9:04 Uhr;

Tagebucheintrag von Frollein Luna & Herrn Chester

Da Dein Herrchen arbeiten musste, hatten wir die
großartige Idee, dass er Dich morgens raus lässt
und ich noch ein wenig schlafen kann. Da hat er
aber die Rechnung ohne Dich gemacht. Den Punkt

mit dem früh raus lassen, hast Du sehr gut gefunden und Dich gefreut. Du konntest Sonnenaufgänge auch mit anderen genießen. Der zweite Teil der Vereinbarung war aber gar nicht in Deinem Interesse. Warst Du einmal aufgestanden, wolltest Du Dich nicht mehr hinlegen, zumindest nicht alleine und so bin ich dann auch mit Dir und Deinem Herrchen aufgestanden. Ausschlafen kann ich schließlich jetzt immer noch.

Viel zu schnell ging die schöne Zeit vorbei und wir mussten wieder nach Hause. Dieses Mal war das Einpacken mit Dir viel einfacher, weil Du entspannter warst und darauf vertraut hast, dass wir schon wissen, was wir tun. Du warst endlich bei uns angekommen und warst Dir sicher, dass wir Dich auch wieder mitnehmen werden. Damit hattest Du selbstverständlich recht, niemals würden wir Dich alleine hier lassen, aber Du musstest erst einmal Deine Erfahrungen mit uns machen. Die Rückfahrt verlief dann auch entsprechend entspannt. Wie immer hast Du Dich hingelegt und einfach gedöst. So kannten wir Dich und so wurde es für alle eine sehr angenehme Fahrt.

Ein Paket kommt an

Liebe Luna,

erinnerst Du Dich noch an Dein Paket? Ich weiß es noch ganz genau. Es war mittags und wir waren spazieren. Als wir bei uns am Feld waren, hielt der Paketwagen am Straßenrand und der Postbote winkte uns zu. Das ist der große Vorteil bei uns im Dorf, hier kennt jeder jeden. Du kanntest ihn auch schon und wir haben uns mal auf den Weg gemacht. Gegen eine kleine Streicheleinheit und einen kleinen Plausch hatte hier niemand etwas einzuwenden. Ich war ein wenig irritiert, weil ich kein Paket erwartet habe und normalerweise gibt er unsere Sachen bei unserer Nachbarin ab. Auf dem Feld bin ich noch nie abgepasst worden. Wie gesagt, die Neugierde hat gesiegt und Du warst eh schon fast da. Du hast Dich immer gefreut, wenn wir jemanden treffen und der Postbote und Du, ihr habt schon längst Freundschaft geschlossen.

So, jetzt noch einmal in Ruhe Euer Frollein Luna! Das war ja vielleicht eine Überraschung: hier bei uns kennt ja wirklich fast jeder jeden und auch der Paketbote macht da keine Ausnahme. Als wir von der Mittagsrunde nach Hause gekommen sind, stand der Postwagen am Straßenrand und der Fahrer wartete mit einem Paket auf uns. Frauchen wollte sich schon bedanken, aber er meinte, dass das gar nicht für mein Frauchen ist, sondern für mich. Mich kennt er nämlich auch schon und ich laufe ihm immer schwanzwedelnd entgegen. Da hat Frauchen große Augen gemacht und musste schauen, wie sie uns Hunde und das Paket gut nach Hause bringen kann. Hat aber geklappt und das war auch gut so, sonst hätten wir bis morgen warten müssen.

Tatsächlich stand da mein Name drauf und wir waren sehr neugierig. Ein wenig mussten wir noch warten, weil Frauchen unbedingt wollte, dass wir das in Ruhe machen und Bilder sollten auch noch gemacht werden. Also erst mal Mittagessen für die Zweibeiner gekocht, gegessen und dann gaaaaaaaanz in Ruhe. Gut, dass wir Hunde so geduldig sind!!! Und Frauchen erst - die war doch genauso neugierig wie ich. Tja, was soll ich sagen: es war von meiner Patentante und zufälligerweise habe ich die allerbeste Patentante von allen. Die hat viel in das Paket reingepackt, das hättet ihr mal sehen müssen.
Obendrauf war eine ganz nette Karte, die Herr Chester fast gefuttert hat, aber Frauchen war zum Glück schneller. Außerdem waren die richtig leckeren Sachen ja auch weiter unten. Die Karte konnte also gerettet werden und ich habe mir erst mal die Giraffe geschnappt. So etwas Lustiges - quietscht sogar, wenn man die richtige Stelle erwischt. Den Bären finde ich auch super, der macht auch lustige Geräusche. Dann war da noch ein Kong dabei - schwarzer Kong für einen schwarzen Hund, noch Fragen? Das hat Frauchen besonders gefreut, weil es hier nur einen Kong gibt und sie eigentlich nächste Woche noch mal mit uns losfahren wollte, um noch einen zu holen. Den Kong hat der Chester im Moment beschlagnahmt, aber das regelt Frauchen

schon für mich. Dann gab es noch ganz viele lecke-re Sachen, die aber sofort beiseite genommen wur-den. Ein paar Würstchen durften wir haben und die waren schon sehr lecker. Frauchen meinte, dass wir uns das einteilen sollten, sonst gäbe es Bauchweh. Für Frauchen scheint das nicht zu gelten, die geht nämlich immer mal wieder in Richtung Küche und nascht an der Schokolade, die auch noch drin war. Mal sehen, wie es da mit dem Einteilen klappt, aber ich sehe schwarz für die Schokolade. Zum Thema schwarz sehen: Die Giraffe musste leider schon zum Friseur und hat jetzt einen modischen Kurzhaar-schnitt. Den Anfang hatte ich schon gemacht und Frauchen wollte mir nicht die ganze Arbeit überlas-sen. Sieht aber sehr schick aus und beeinträchtigt meine junge Liebe zu der Giraffe gar nicht.

Liebe Patentante, vielen, vielen Dank für all die schönen Sachen!!!! Wir haben uns alle sehr gefreut und schicken Dir einen ganz dicken Ohrenknutscher über das Internet (die verteile ich am allerliebsten, sogar mit Zunge!!!)

Geschrieben am 27. März 2015; 15:50 Uhr;

Tagebucheintrag von Frollein Luna & Herrn Chester

Angekommen hast Du ihn erst mal begrüßt und hast Dich knuddeln lassen. Er hatte auch tatsächlich ein Paket für uns dabei, es war wunderschön und sah nach einem sehr netten Paket aus. Er dachte sich, dass wir uns darüber freuen würden und wollte es uns unbedingt persönlich geben. Gut, dass man nach uns die Uhr stellen konnte, wir sind so vorhersehbar, dass sogar der Paketbote unseren Rhythmus und unsere Runden kannte. Wir haben uns dann schnell auf den Weg nach Hause gemacht, weil wir auspacken wollten. Eigentlich wollte nur ich auspacken, Dich hat das gar nicht interessiert und Chester findet Postwagen vollkommen gruselig. Der Absender hat mir gar nichts gesagt, aber es stand Dein Name drauf. Wer konnte uns so ein nettes Paket schicken?

Ich verrate es Dir: Deine Patentante. Richtig, Du hast eine Patentante gehabt, das ist bei uns im Tierschutzverein so üblich. Zumindest, dass jemand die Patenschaft für die Pflegehunde übernimmt. Ein Paket ist ein kleiner Bonus obendrauf. Hier schließt sich ein kleiner Kreis: Deine Patentante war die Fahrkettenkoordinatorin von Deiner Anreise. Es war ihre erste Fahrkette und Du bist ihr ans Herz gewachsen. Da hat sie gerne die Patenschaft für Dich übernommen und ich habe mich sehr gefreut. Jetzt war ich aber noch neugieriger. Du wolltest überhaupt nichts von dem Paket wissen, anscheinend warst Du nicht geübt im Auspacken von Paketen. Du bist nicht einmal auf die Idee gekommen, dass der Inhalt für Dich sein könnte. Dabei waren da so tolle Sachen drin. Erst als ich das Paket geöffnet habe, ist Euer Interesse gewachsen und ich musste die ersten Sachen vor der totalen Vernichtung retten. Für Dich waren Spielsachen drin, ein kleiner Bär und eine Giraffe, beides schnauzentauglich und Du hast Dich sofort auf die Giraffe gestürzt und in den Garten getragen. Leider hat die Giraffe schon nach wenigen Minuten eine modische Kurzhaarfrisur bekommen, den Rest musste ich beischneiden, aber sie sah trotzdem noch hübsch aus. Für Dich war es Liebe auf den ersten Blick. Den Bären hast Du gerne Chester überlassen, obwohl ich Dich auch oft mit Beiden in der Schnauze gesehen habe. Stofftiere hast Du geliebt. Es war auch noch ein Kong drin. Den kanntest Du noch nicht, aber auch den hast Du innig geliebt, als Du einmal begriffen hast, dass man dort etwas zu Fressen rein füllen konnte. Du konntest Dich stundenlang damit beschäftigen. Vorher gab es bei uns keinen Kong, weil wir nur einen hatten und ich keinen Streit zwischen Euch provozieren wollte. Jetzt hast Du Deinen eigenen gehabt und Ihr konntet parallel den Kong leer lecken. Deiner war sogar passend zu Dir schwarz, obwohl Ihr auch gerne getauscht habt. In dem Paket waren aber auch noch jede Menge Leckerchen. Damit hat Deine Patentante genau ins Schwarze getroffen, denn gefuttert habt Ihr beide sehr gerne. Es gab sogar kleine Würstchen extra für Hunde. Ein richtiger Leckerbissen, wenn ich Deine Reaktion richtig gedeutet habe.

So langsam hast Du Spaß am Auspacken bekommen und Ihr habt Beide versucht, auch noch den Rest zu erobern, aber damit war für Euch Schluss. Es gab noch eine sehr nette Karte, die Ihr fast zerfleddert habt und die ich nur mit Mühe retten konnte. Natürlich nicht zu vergessen, sehr leckere Pralinen. Es war zwar nicht meine Patentante, aber die Pralinen waren eindeutig nicht für Hunde und sehr, sehr lecker. Wir haben uns gefreut wie die Schneekönige und konnten unser Glück gar nicht fassen. Den restlichen Nachmittag wart Ihr beschäftigt mit Giraffe, Bär und Kong. Die Leckerchen habe ich mal an mich genommen, damit Ihr in den nächsten Tagen auch noch etwas davon habt. Ich war leider nicht so zurückhaltend, die Pralinen haben den Tag nicht überlebt. Vielleicht hätte ich auch ein Frauchen brauchen können, das für mich einteilt?

Da wir aber nichts verkommen lassen, hast Du auch noch mit Genuss und sichtlicher Zufriedenheit das Paket auseinander genommen und zerfleddert. Alles wurde genutzt und uns blieb nur noch ein dickes Danke an Deine Patentante, die nicht nur dafür gesorgt hatte, dass Du gut zu uns kommst, sondern auch noch so nette Sachen geschickt hat. Was kann man sich mehr wünschen? Unser Leben war perfekt und ich hätte jeden Tag so weiter machen können. Wir waren glücklich, weil wir unser fehlendes Puzzleteil gefunden haben. Darüber hinaus haben wir auch noch Menschen, die dieses Glück mit uns teilen und dazu beitragen. Für mich war es nie selbstverständlich, dass wir so nette Post bekommen und auch nicht, dass der Paketbote extra zu uns an das Feld kommt, weil das Paket so nett aussah. Du hast Dir nie Gedanken darüber gemacht. Du wusstest von Anfang an, dass diese Welt ein schöner Ort ist. Ich musste das erst lernen und Du hast Deinen Teil dazu beigetragen. Während Chester mir in all den Monaten gezeigt hat, dass ich stark und mutig sein kann, hast Du mir mein Herz geöffnet. Du hast mir beigebracht, solch kleine Dinge als Geschenke anzunehmen und mich daran zu erfreuen. Luna, auch wenn Dein Name Mond bedeutet, hast Du die Sonne in mein Leben gebracht und angeknipst. Du, meine stille Begleiterin, die immer nur Freude und Glück ausgestrahlt hat, hast mir gezeigt, wie wertvoll dieses Leben ist. In den großen, aber auch in den ganz kleinen Dingen. Das werde ich Dir nie vergessen und gerade das macht es so schwer zu ertragen, dass Du nicht mehr da bist, aber es macht mich auch unendlich froh, Dich in mein Leben gelassen zu haben. Wer weiß, wie es ohne Dich weiter gelaufen wäre? Es ist aber auch egal, Du warst da und das ist alles, was zählt.

Seltsame Beobachtungen

Meine liebe Luna, weißt Du noch, wann wir das erste Mal stutzig geworden sind? Es war so profan, dass wir dem Ganzen keine große Beachtung geschenkt haben. Hätten wir damals schon stutzig werden sollen? Hätte das etwas geändert? Ich will es nicht hoffen. Mein Bauch sagt, dass wir an keinem Punkt unserer gemeinsamen Reise anders entscheiden konnten, aber es bleibt immer ein schaler Beigeschmack. Ich hätte so gerne etwas geändert. Ich hätte gerne alles getan, um Dich jetzt immer noch hier zu haben. Ich hätte uns Beiden gerne ein anderes Ende der Geschichte gewünscht, aber meine Wünsche sind in das Leere gelaufen und nicht erhört worden. Ich möchte mich aber nicht beschweren, immerhin hat mir jemand die Zeit mit Dir geschenkt und dafür bin ich unendlich dankbar, meine Schöne!

Es war ganz unspektakulär: Du hattest mal wieder gebettelt. Solltest Du eigentlich nicht, aber wir haben es einfach nicht geschafft, es Dir abzugewöhnen. Es war auch im Großen und Ganzen ganz niedlich und Du hättest Dich wahrscheinlich auch von keinem Nein beeindrucken lassen. Du hattest Deine eigenen Vorstellungen vom Leben und dazu gehörte halt auch, dass Du einen natürlichen Anspruch auf unser Essen hattest. Du warst nie aufdringlich, aber permanent anwesend und hast uns unmissverständlich klar gemacht, dass Du kurz vor dem Verhungern bist. Du würdest umfallen, wenn wir Dir nicht sofort etwas zu essen geben. Leider hattest Du schlechte Karten, aber es hat Dich nicht davon abgehalten, uns zu beobachten und Deine Nase direkt neben den Tisch zu positionieren. So kam es auch, dass wir Dir immer gut in die Augen schauen konnten, wenn wir am Esstisch saßen. An einem Morgen habe ich das ganz genau getan und gesehen, dass Du geschielt hast, nur ein wenig, aber doch sehr deutlich. Die anderen haben es auch gesehen und wir haben noch kleine Witze darüber gemacht. Heute tut mir das unendlich leid, aber es sah so niedlich aus, dass wir uns gar keine weiteren Gedanken darüber gemacht haben.

Immer wieder haben wir in Deine Augen geschaut, aber eines stand eindeutig nach innen. Einige Tage später hat Dein Herrchen noch einmal nachgefragt, welches Auge es denn war. Ich habe ihm geantwortet und er hat mich davon überzeugt, dass ich das falsche Auge meinte. Wir haben nachgesehen und er hatte recht, es war das andere Auge. Wieder haben wir uns keine Gedanken gemacht. Jeder macht Fehler und manchmal spielt einem die Erinnerung einen Streich. Wir haben weiter nichts feststellen können und die Sache mit einem Schmunzeln über meine mangelnde Gedächtnisleistung beendet. Einige Tage später haben wir einer Freundin erzählt, dass Du schielst. Sie schaut in Deine Augen und konnte nichts erkennen. Ich war überrascht und habe selber nachgesehen. Sie hatte recht, es war nichts zu erkennen. Konnten wir uns alle getäuscht haben? Hatten wir Gespenster gesehen?

Ich habe mir einen Abend Zeit genommen und Deine Bilder durchgesehen. Wir hatten eine Menge, weil ich gerne Bilder in Dein Tagebuch eingestellt habe. Vor mir lag ein langer Abend. Ich habe alle Bilder angesehen, auf denen Dein Gesicht in Nahaufnahme zu sehen war. Tatsächlich konnte man auf manchen sehr deutlich sehen, dass ein Auge nach innen geneigt war. Auf anderen hast Du ganz normal nach vorne gesehen. Es waren kleine, aber doch auffällige Unterschiede. Nach Rücksprache mit unserer Tierärztin haben wir uns darauf geeinigt, dass wir das beobachten und uns beim nächsten Termin das Ganze noch einmal ansehen. Wir haben uns über mögliche Ursachen unterhalten und vieles als wahrscheinlich eingestuft und anderes verworfen. Keine dieser Ursachen hat mir gefallen, aber Dir ging es ansonsten relativ gut und es erschien logisch, jetzt keine Panik zu machen, sondern in Ruhe abzuwarten, wie sich alles entwickelt. Da wir unsere Tierärztin fast täglich bei unseren Spaziergängen getroffen haben, warst Du unter bester ärztlicher Beobachtung.

Es wurde auch tatsächlich besser, damit hat niemand gerechnet. Eines Tages war Dein Schielen komplett weg und ist für lange Zeit nicht mehr aufgetaucht. Wir haben uns den Kopf darüber zerbrochen, aber die einzige logische Antwort war, dass wir uns vielleicht doch vertan haben. Die Bilder wurden noch einmal gesichtet. Vielleicht lag es am Winkel, vielleicht an der Beleuchtung. Wir fanden Erklärungen, die uns in Sicherheit wägten und hatten es fast vergessen.

Schlaflose Nächte mit Dir

Du weißt, dass ich schlecht schlafen kann. Viele Nächte haben wir gemeinsam verbracht und Du warst oft meine Begleiterin durch die endlosen Stunden in Stille und Dunkelheit. Normalerweise gehe ich nach unten, wenn ich nicht schlafen kann, damit ich niemanden wecke. Chester weiß das schon lange und lässt mich dann in Ruhe. Wir haben ein gutes Arrangement getroffen, indem jeder seinen Platz gefunden hat. Chester legt sich in sein Körbchen und ich bekomme die Couch. Manchmal teilen wir uns auch die Couch, aber unsere Eintracht ist geprägt davon, dass jeder seinen Raum bekommt und den anderen sein Ding machen lässt.

Wie anders war das doch mit Dir. Mit Deiner ganz eigenen Art hast Du mir deutlich gemacht, dass diese ruhigen und einsamen Zeiten vorbei sind. Wenn ich jetzt nachts nach unten gekommen bin, hast Du mich zuerst an der Treppe abgeholt. Obwohl Du kein Nachtwesen bist, warst Du verlässlich immer da, wenn ich unten war. Du bist ja eher das Modell „früher Vogel". Gegen sechs Uhr am Abend war Dein Tag im Normalfall vorbei, aber Du hast Dich nie davon abhalten lassen, trotzdem aufzustehen. Du hast mich begleitet in all den Nächten, in denen ich kaum ein Ende gefunden habe. Du bist nicht von meiner Seite gewichen und hast Dich neben mich gelegt. Deine Augen fest auf mich gerichtet, hast Du abgewartet, was jetzt passiert. Ich konnte es dir auch nicht erklären, weil ich solche Sachen nur mit mir selber ausmache. Du hast Dich nicht beirren lassen und bist da geblieben. Es gab kein Entkommen, weil Du nicht locker gelassen hast. Es passte nicht in Dein Bild, dass jemand etwas mit sich selber ausmachen möchte. Du hast sehr feine Antennen gehabt und genau gespürt, was gerade ansteht. In manchen Nächten bist Du einfach nur neben mich gekommen und hast die Schnauze auf meinem Schoß gelegt. In manchen Nächten warst Du fordernder und hast aktiv Streicheleinheiten eingefordert, Du hast meine Ohren abgeleckt und mir immer wieder ein Lächeln abgerungen. Du hast mich ermutigt, meine Gefühle zu zeigen und Du hast alles ausgehalten und warst da. Mein Fels in der Brandung. Wie viele Nächte haben wir gemeinsam im Wohnzimmer verbracht, manchmal auch im Garten? Oft waren es nur ein paar Stunden, Du hast mir die nötige Ruhe und Kraft gegeben, die langen Nächte zu überstehen und oft sogar wieder einschlafen zu können. Es waren aber auch ganze Nächte, die ich mit Dir verbracht habe. Wie oft bin ich morgens neben Dir wach geworden? Du warst warm und ruhig, Deine Nähe hat mir alles gegeben, was ich gebraucht habe. Ohne etwas von mir zu verlangen, warst Du da.

Wir haben zusammen geweint und gelacht. In manchen Nächten haben wir auf der Terrasse die Sterne beobachtet und in anderen haben wir auf dem Sofa gesessen und ich habe gelesen. Ich habe es sehr genossen, diese stille Übereinkunft zwischen uns. Du hast etwas geschafft, was ich nie erwartet habe. Ich bin immer für andere da, aber ich habe niemals jemanden an mich heran gelassen. Du hast mir keine Wahl gelassen. Du hast beschlossen, dass es jetzt Zeit ist und hast Dich einfach durchgesetzt. Ich musste Dir diesen Platz einräumen und mein Herz hast Du mit einer Leichtigkeit erobert, die mich verblüfft hat. Ich habe deutlich länger als Du gebraucht, um diese Nähe zu leben, aber Du warst geduldig mit mir. Du hast mich mein Tempo gehen lassen und auf mich gewartet, so wie ich es auf Spaziergängen mit Dir gemacht habe. Du warst so fest davon überzeugt, dass das schon alles seine Richtigkeit hat, so dass Du nie in Frage gestellt hast, dass ich Deinem Weg folge. In diesen Nächten habe ich so viel mehr über mich gelernt, als ich jemals für möglich gehalten habe. Du hast mir gezeigt, was es heißt, an jemandem dran zu bleiben. Ich danke Dir von ganzem Herzen dafür, dass Du für mich da warst. Du hast mir einen Weg gezeigt, zu erkennen, wer ich bin und dass ich jemand bin. Du hast mir auch gezeigt, dass das vollkommen in Ordnung ist und es reicht.

In diesen Nächten ist unsere Verbindung gewachsen. Es waren diese Nächte, in denen Du angefangen hast, meine Nähe zu suchen und ich habe Deine gesucht. Wir haben in stillschweigendem Einverständnis unser Leben genossen. Das waren unsere Stunden, aber es hat auch die Tage verändert. Ich habe es zuerst gar nicht gemerkt. Es war ein schleichender Prozess, indem Du zunächst zu meinem Schatten geworden bist. Nicht wie in den ersten Tagen, sondern eine tiefere Nähe hat uns verbunden. Dann ging es immer weiter und ich bin mir sicher, dass Deine Augen tief in meine Seele geblickt haben. Diese Fähigkeit hat mich an Dir fasziniert und es war für Dich so selbstverständlich. Für mich nicht! Ich musste lernen, das auszuhalten. Du, als meine schweigende Begleiterin, warst die perfekte Lehrerin. Im Laufe der 160 Tage mit Dir, die mir manchmal wie eine Ewigkeit und manchmal wie ein Augenblick vorkommen, hast Du mich gelehrt, diese Blicke auszuhalten. Nicht nur das, Du hast mir beigebracht, diese Nähe zu genießen. Das war Dein Geschenk an mich und ich habe es im Nachhinein dankbar angenommen. In den ersten Tagen ohne Dich war dies das Schwerste, weil ich so transparent war, aber Du warst nicht mehr an meiner Seite. Ich bin weich und offen geworden, aber niemand sitzt mehr neben mir, der mir mit nur einem Blick sagt, dass alles in Ordnung ist. Zuerst musste ich mit Dir lernen, mich zu öffnen. Jetzt muss ich lernen, dies ohne Dich auszuhalten und mich daran zu erfreuen. Man wächst ja mit seinen Aufgaben, aber diesen Weg hätte ich lieber mit Dir gewählt, doch das stand nicht als Option zur Verfügung.

Du hattest aber nicht nur Deine weichen Seiten. Du hast mir Offenheit geschenkt, dafür hast du aber auch aufgepasst. Ich weiß noch, wie überrascht ich an einem Abend war. Es gab ein wenig Streit hier, nichts Schlimmes, aber es war für jemanden mit Deinen Antennen keine große Leistung, die Stimmung zu erkennen. Chester findet solche Situationen immer doof und verkrümelt sich nach oben. Er kommt wieder runter, wenn alles wieder gut ist, so ist er halt und es ist auch in Ordnung. Chester mag keinen Ärger und geht jedem Streit aus dem Weg.

Nicht nur auf der Hundewiese, sondern auch zu Hause. In einem Teenie-Haushalt und nach fast zwanzig Jahren Ehe sitzen wir nicht alle immer grinsend auf der Couch und hin und wieder gibt es auch mal Unstimmigkeiten. Du hattest da eine ganz eigene Meinung: Du hast keinen Streit akzeptiert und Dich zwischen uns gestellt. Einfach so hast Du Dich vor mich gestellt und geguckt. Das hat gereicht und die Stimmung hat sich schlagartig verbessert. Ein Verhalten, das Du auch draußen gezeigt hast. Du bist keinem Streit aus dem Weg gegangen, sondern hast Dich dazwischen gestellt und es war Ruhe. Du hast niemals verraten, wie Du das machst, aber es hat immer funktioniert. Ich weiß nicht, wie Du das gemacht hast, aber ich habe Dich dafür bewundert. So hast Du auch immer auf mich aufgepasst. Mit Dir wusste ich, dass mir niemals etwas passieren kann. Du hast jederzeit die Stimmung aufgeräumt und meine Sonne angeknipst. Du hast meinem Herzen Frieden und Ruhe geschenkt, einfach so, ohne Gegenleistung und im Vorbeigehen. Luna, ich danke Dir!

Es sollte nur eine kleine Untersuchung vor der Impfung sein

Unsere Tierärztin treffen wir recht regelmäßig auf unseren Spaziergängen, Du mochtest sie auf Anhieb sehr gerne und ihre Hündin hat Dir auch gefallen. In der nächsten Zeit stand Deine Impfung an und wir haben uns mal wieder mittags am Feld getroffen und über Dich gesprochen. Ich habe kurz erwähnt, dass ich mir ein wenig Sorgen mache, weil Du so schnell müde bist und immer so langsam läufst. Wir haben kurz überlegt, ob wir nicht einmal jetzt ein Blutbild machen und einfach mal schauen, was denn so los ist. Es klang vernünftig und ich wollte einfach schwarz auf weiß lesen, dass alles in Ordnung ist. Wir haben einen Termin vereinbart und bei Euch Beiden sollte Blut abgenommen werden, damit wir einmal wissen, ob so weit alles in Ordnung ist.

Gesagt, getan, eines Morgens bist Du wach geworden und es gab kein Frühstück. Dein persönlicher Albtraum! Obwohl es bei uns immer erst nach dem Spaziergang Dein Frühstück gibt, wusstest Du anscheinend genau, was Dich erwartet. Ich möchte es noch einmal betonen, dass wir uns zu diesem Zeitpunkt noch vor der offiziellen Frühstückszeit befanden und Ihr Beide wohlgenährte Hunde mit einer regelmäßigen Ernährung gewesen seid. Mein geplanter Spaziergang entpuppte sich als Tortur für alle Beteiligten. Es war nicht einmal daran zu denken, dass ich Euch von der Leine nehme, weil Ihr wie zwei ausgehungerte Bestien auf der Suche nach etwas Essbarem gewesen seid. Auch Du, meine Schöne, hast zur Abwechslung mal Deine ganze Energie und Kraft gezeigt und mich von einer auf die andere Seite gezogen. Während ich Chester noch verboten habe, den Mülleimer zu plündern, hast Du Dich schon auf den Weg gemacht, im Gebüsch nach Leckereien zu suchen. Es war ein Alptraum und ich habe spontan beschlossen, dass für diesen Morgen auch eine Minirunde vollkommen ausreichend ist und wir sind wieder nach Hause gefahren. Ich werde Dein Gesicht nicht vergessen, als ich nicht direkt in die Küche gegangen bin und die Näpfe gefüllt habe. Ihr habt so getan, als würde ich Euch foltern. Die letzte Mahlzeit lag zu diesem Zeitpunkt etwa zwölf Stunden hinter Euch, eine reichhaltige Mahlzeit! Wir mussten warten und Ihr habt die Welt nicht mehr verstanden. Ich habe es nicht über mein Herz gebracht selber zu frühstücken, weil ich Eure Blicke nicht ertragen hätte. So waren wir wenigstens alle drei solidarisch nüchtern, als es endlich geklingelt hat.

Fröhlich wie immer, hast Du Dich in Richtung Tür aufgemacht. Der Termin, der eigentlich nur zu meiner eigenen Beruhigung sein sollte, stellte sich als immer dringlicher dar. Dir ging es offenkundig nicht gut und Du bist in den letzten Tagen immer langsamer geworden. Zur Tür hast Du es trotzdem im Rekordtempo geschafft und hast unsere Tierärztin und ihre Helferin herzlichst begrüßt. Auf dem Weg ins Wohnzimmer ist Dein Gangbild aufgefallen und bei der Untersuchung war klar, dass Du in beiden Vorderläufen Schmerzen haben musst. Gut, mit Schmerzen laufe ich auch nicht schnell, das hat einiges erklärt und wir haben uns keine weiteren Gedanken gemacht. Bei der Blutentnahme warst Du vorbildlich: während hinten Blut abgenommen wurde, hast Du vorne der Arzthelferin die Hände abgeleckt und mit dem Schwanz gewedelt. So ein kleiner Picks konnte Dich nicht aus der Ruhe bringen. Danach gab es immerhin endlich ein paar Leckerchen und nachdem Chester fertig war endlich Euer verspätetes Frühstück. Das Schlimmste war für Dich überstanden. Ich musste erst noch ein wenig plaudern und dann haben wir gemeinsam überlegt, wie es weiter gehen kann.

Du solltest Schmerzmittel bekommen, recht hoch dosiert, damit wir einmal einen eindeutigen Unterschied zwischen Deinem Gang heute und einem Gang vollkommen schmerzfrei bekommen. Es gibt Medikamente, die gut verträglich sind und es sollte nur eine Momentaufnahme werden, damit wir beurteilen konnten, wie sehr Dich Deine Schmerzen beeinträchtigen. In Deinem Alter nichts Ungewöhnliches und wir waren beruhigt. Die endgültigen Ergebnisse und die Tabletten würden wir bekommen, wenn die Blutergebnisse da sind, also noch einmal eine Nacht warten und dann würden wir Bescheid wissen und Du konntest Deine Tabletten bekommen.

Am nächsten Tag rief ich beim Tierarzt an und wurde schon nervös, als man mir erklärte, dass die

Tierärztin gerne persönlich mit mir sprechen wollte und sich melden würde, sobald sie Zeit hätte. Muss nichts heißen, habe ich mir immer wieder gesagt und gewartet. So eine Zeit ist ja eine seltsame Sache, mal vergeht sie wie im Flug und manchmal ziehen sich die Sekunden wie Kaugummi in die Länge. Dieser Tag war eindeutig ein Kaugummitag. Irgendwann geht aber auch die langsamste Zeit zu Ende und das Telefon klingelte. Deine Blutwerte waren da. Alles nicht wirklich gut, aber auch nicht schlecht. Deine Schilddrüsenwerte waren im Keller und die sollten wir schnellstens in den Griff bekommen. Der Rest sollte beobachtet werden, aber es war für den Moment nichts Greifbares da. Wir verabredeten, dass wir in Deinem Zustand keine Experimente machen wollten und ich bin losgefahren, um Schmerzmittel und Schilddrüsentabletten zu holen. Da wir eh in engem Kontakt zu unserer Tierärztin stehen, konnten wir uns sehr engmaschig über Deinen Krankheitsverlauf, obwohl er das zu diesem Zeitpunkt noch gar keiner war, austauschen. Herz und Lunge waren in Ordnung und so konnte man den Medikamenten erst einmal Zeit zum Wirken geben. Falls die Schmerzmittel eine deutliche Verbesserung zeigen, wollten wir uns danach in Ruhe um Deine Gelenke kümmern, die Schilddrüsentabletten sollten beibehalten werden. Das haben wir in Deinem Alter und in Deinem Zustand beschlossen. Alles kein Grund zur Sorge und wir waren erleichtert.

Eine neugeborene Luna

Liebe Luna,

die nächsten Tage mit Dir waren das Paradies. Wir haben eine Verwandlung erlebt, die wir niemals für möglich gehalten haben. Aus unserer kleinen braven und langsamen Luna ist eine Rakete geworden. Du konntest überhaupt nicht genug bekommen und die Spaziergänge wurden unendlich schön. Jeden Morgen sind wir eine riesige Runde am Rhein gelaufen. Du hast unser Auenwäldchen geliebt und ich habe Dich dafür geliebt. Jeden Morgen haben wir Pause am Wasser gemacht und Du bist geschwommen und Chester hat Steine aus dem Wasser geholt. Du konntest gar nicht genug bekommen. Wir waren fasziniert, was so ein paar Tabletten aus Dir machen konnten und haben uns gefragt, wie stark Deine Schmerzen wohl gewesen sein mussten. Unsere Tierärztin war sehr erfreut und zufrieden. In zwei Wochen wollten wir schauen, was wir mit Deinen Gelenken machen können, damit Du nicht ein Leben lang Schmerzmittel nehmen musst.

Guten Morgen, alle zusammen,

hier ist mal das Frauchen von der lustigen Bande und heute ist der Name tatsächlich mal Programm. Seit Luna Medikamente bekommt, gibt es schon vor der ersten Gassirunde ein paar Häppchen Futter, damit sie die Tabletten gut verträgt und ich kann ja schlecht nur einen Hund füttern. Herr Chester be-

kommt also auch seine Mini-Ration. Ich ernte hier ungläubige Blicke und die beiden haben jetzt erst recht den Verdacht, dass ich nicht mehr alle Tassen im Schrank habe. Fressen aber trotzdem natürlich beide gerne ... sind ja Retriever.

Dafür habe ich eine ausgewechselte Luna hier, die den Schalk nicht nur im Nacken sitzen hat. Lustig war sie ja schon die ganze Zeit, aber heute Morgen hat sie wirklich vom Feinsten rumgekaspert und Herr Chester lässt sich das nicht zweimal sagen und ist auch dabei. Meine Morgenrunde habe ich dann mit gefühlt zwei Welpen gemacht, aber ich konnte es niemandem verübeln. Leider mussten wir ja gestern einen kleinen Bade-Stopp am Rhein einlegen und Frollein Luna wäre nicht Frollein Luna, wenn sie sich das nicht gemerkt hätte. Also sind die beiden bester Laune abgedüst und haben sehnsüchtig am Wasser auf mich gewartet. Da ich ja nicht immer die Spaß-bremse sein kann, habe ich mich etwas an den Strand gesetzt - da seid Ihr neidisch, oder??? so etwas gibt es bei uns!!! - und habe den Beiden beim Rumtollen zugesehen ... naja, bis 60kg Frohsinn neben mir gebremst haben und ich von allen Seiten abgeschlabbert worden bin ... zum Glück war das nicht gestern. Zu Hause angekommen, konnten die Beiden es kaum glauben, dass es wirklich noch ein Frühstück gab und seit dem Zeitpunkt bin ich der absolute Held hier. Jetzt habe ich zwei vollkommen zufriedene und glückliche Hunde vor meinen Füßen liegen und kann kaum aufhören zu grinsen.

Ich weiß, dass das hier nur eine Momentaufnahme ist, aber es gibt so viele Momente, in denen ich ha-

dere und alles aus dem Ruder läuft, warum nicht auch solche Momente einfach genießen! Ich bin mal gespannt, wie Frollein Luna sich so weiter entwickelt, aber heute Morgen war schon ein großartiger Anfang. Aus unserer gemütlichen Schlaftablette wird also doch ein richtiger Feger und das scheint auch noch ansteckend zu sein: Unser Kater hat unsere Abwesenheit genutzt, um schnell mal die Leckerchendose der Hunde zu untersuchen und sich die Besten rauszusuchen. Ich gehe jetzt erst mal die Schandtaten beseitigen und dann werde ich mal fleißig sein.

Liebe Grüße und Euch allen einen schönen Tag!

Geschrieben am 11. Juni 2015; 9:06 Uhr;

Tagebucheintrag von Frollein Luna & Herrn Chester

Dafür hatte ich zwischenzeitlich das Gefühl von zwei Welpen an meiner Leine. Wie oft musste ich Dich in diesen Tagen zurück rufen, weil Du Quatsch im Kopf hattest. Ich wünschte mir, ich hätte es nicht getan. Hätte ich die Zeit an diesem Punkt anhalten können, ich hätte es getan, aber es ging wie immer nicht und wie kurz diese kleine Phase Unbeschwertheit war, wussten wir da auch noch nicht. Wir hätten sie mehr genießen sollen, aber so geht das Leben. Man weiß einen Augenblick erst zu schätzen, wenn er vorbei ist.

In dieser Zeit hast Du Deine große Leidenschaft, Dich in schlimmen Sachen zu wälzen vollkommen ausgekostet. Du, die immer sehr brav war und bis zur Perfektion ausgebildet, hast sämtliche Sicherungen durchgehen lassen, wenn Dir etwas in die Nase gestiegen ist. Da machte sich der selbstbewusste Hund bemerkbar, der Du warst. Du hattest durch Deine Arbeit eine perfekte Nase, die Fähigkeit, überall heran zu kommen und den Mut, dies auch durchzusetzen. Ich muss heute noch schmunzeln über diese Spaziergänge. Wir waren morgens immer sehr früh dran und wenn man wie wir immer die gleichen Runden dreht, trifft man immer die gleichen anderen Hundebesitzer. Jeden Morgen auf unserem Rückweg trafen wir am gleichen Punkt die gleiche Gruppe Hundebesitzer, die Du liebend gerne begrüßt hast. Zum einen, weil Du jedermann einfach gerne hattest, aber natürlich auch, weil Du immer auf der Suche nach etwas Essbarem warst. Deine Masche hatte Erfolg, Dein erstes kleines Frühstück hast Du im Normalfall schon unterwegs bekommen. Zielsicher wusstest Du schon nach wenigen Tagen, an wen Du Dich wenden musst. Mir war das egal, weil Du eine sehr gute Figur und keinerlei Unverträglichkeiten hattest. Gebettelt hast Du eh bei jedem, also hat das auch nichts mehr ausgemacht. Deine Art hat es anderen Menschen schwer gemacht, Dir zu widerstehen, also haben alle Seiten davon profitiert. In dieser Zeit musstest Du allerdings oft auf Deine heißgeliebten Streicheleinheiten unterwegs verzichten. Ich musste manchmal schon von weitem rufen, dass sie Dich nicht streicheln sollen, weil Du Dich wiedermal in schlimmen Sachen gewälzt hast.

Zu diesem Zeitpunkt habe ich auch den kleinen, aber feinen Unterschied zwischen dem Wälzen von schlimmen Sachen und Fressen von schlimmen Sachen kennen gelernt. Ich für meinen Geschmack finde beides widerlich, ganz ehrlich, meine Schöne! Ich habe aber gelernt, dass Gefressenes danach weg ist. Ich muss nicht mit Euch knutschen und außer meinem Ekelfaktor, der schon recht ausgeweitet ist, bleibt nichts übrig. Beim Wälzen hingegen bin ich gefragt: Ich muss den stinkenden Hund mit nach Hause nehmen und ihn nachher auch noch sauber machen. Im Klartext: Ich musste Dich manchmal so anfassen, ohne mein Frühstück wieder zu betrachten. An manchen Tagen eine echte Herausforderung. Ich war froh, dass Du so gut erzogen warst, weil ich Dich oft ohne Leine mit nach Hause genommen habe, einfach nur, um Dich nicht anfassen zu müssen.

Weißt Du noch, Luna? Der eine Tag, als Du den Fisch gefunden hast, der war schon so tot, dass er fast wieder lebendig war. Schön, wenn man am Rhein wohnt, habe ich mir nur gedacht. Mir graute schon davor, als ich Dich wegrennen gesehen habe, aber Du warst zu schnell, um Dich einzuholen, und in solchen Momenten hast Du auch nicht mehr gehört. Muss wohl an der schlechten Akustik in unserem Auenwäldchen liegen. Vielleicht auch an Deinen Schlappohren, Du hast es nicht verraten. Mir war nur klar, dass ich mich in mein Schicksal ergeben muss. Zum Glück wusste ich, dass Du immer sehr schnell wieder kommst. So auch an diesem Tag, als Du mit dem seligsten Lächeln, das ein Hund in sein

Gesicht zaubern kann, zu mir gerannt bist. Mir schwante nichts Gutes und dann habe ich es auch schon gesehen. In Deinem wunderschönen schwarzen Fell waren undefinierbare, aber sehr gut riechbare Klumpen, die langsam aus Deinem Fell bröckelten. Daneben tummelten sich noch ein paar Maden. Optisch eigentlich ein schöner Kontrast, olfaktorisch eine echte Herausforderung und für meinen Magen noch viel mehr. So wollte Dich niemand, aber wirklich niemand mehr anfassen. Weißt Du eigentlich, wie mitleidig andere Passanten schauen können, wenn man so an ihnen vorbei geht? Nein, denn in Deinem Gesicht stand ganz klar, dass Du an diesem Tag Geburtstag und Weihnachten in einem hattest. Meine Schöne, ich habe kurz mit dem Gedanken gespielt, Dich einfach stehen zu lassen. Es war ein reiner Willensakt, dass ich Dich so mit nach Hause genommen habe. Unterwegs sind immer wieder Maden und kleine Brocken abgefallen und ich möchte gar nicht wissen, welche Gesichtsfarbe ich hatte. Leider war ich alleine zu Hause, was bedeutet, dass ich nicht mal jemand anderem die glorreiche Aufgabe übergeben konnte, Dich wieder in einen erträglichen und wohnzimmerkompatiblen Zustand zu bringen. Wir haben also nicht die Haustür genommen, sondern sind durch die Garage gegangen. Den Gartenschlauch hattest Du vorher schon kennengelernt, das war kein Problem. Als waschechter Retriever war Dir Wasser in jeder Form recht. Für mich war es dennoch eine Premiere: das allererste Mal in meinem Leben habe ich Handschuhe angezogen, weil ich meinen Hund nicht anfassen wollte, aber Dich so zu berühren habe ich an diesem Tag nicht über mich gebracht. Ich fand es schon eine großartige Leistung, dass ich mich nicht übergeben habe. Immerhin hatten wir optisch den Urzustand wieder hergestellt und nachdem ich den Geruch aus der Nase hatte, durftest Du auch wieder ins Haus.

Guten Morgen, alle zusammen,

hier ist Euer Frollein Luna und ich möchte Euch von dem hervorragenden Wellnessprogramm berichten! Es ging los mit einem netten Spaziergang, ein wenig Bewegung schadet ja nie. Die Versorgung unterwegs war hervorragend:

es gab Brötchen und Gyros-Reste, dazu ein paar Pferdeäpfel. Tja, ich bringe gerade meinem Frauchen bei, dass ich auch ganz andere Seiten in mir habe!!!

Dann ging es weiter an einem wunderschönen Platz vorbei - woher weiß Frauchen nur, wo es hier die besten Stellen gibt ... Respekt!!! - hier roch es so gut, dass ich erst mal ins Gestrüpp gelaufen bin um mich ausgiebig zu wälzen ... und zwar schnell. Frauchen sah dann eher überrascht aus, als ich wieder gekommen bin. Kann ich gar nicht verstehen, weil ich nie besser gerochen habe! Frauchen war wohl ein wenig über die Bröckchen, die mein Fell geziert haben, überrascht. Anders kann ich mir ihren Gesichtsausdruck nicht erklären. Frauchen ist ja nicht ganz so modebewusst, aber ich als ältere Dame werde ihr da ein wenig unter die Arme greifen.

*Ich fand, dass sich die braunen Bröckchen hervor-
ragend auf meinem schwarzen Fell machten - auch
die Weißen, obwohl die sich teilweise noch bewegt
haben. Es war gar nicht so einfach, dass alles richtig
zu platzieren - eine echte Herausforderung, aber
schließlich habe ich alles um meinen Hals und vor
allem auch an und in meine Ohren verteilt. Frau von
Welt trägt das halt so!!!*

*Frauchen war sprachlos, was ich natürlich auch ver-
stehen kann! Sie wollte wohl meine Optik nicht zer-
stören und hat mich deswegen auch gar nicht mehr
angefasst - ich musste nicht mal an der Leine laufen! Tja, dafür durften mich alle bewundern! Auch
die wenigen Menschen, die uns entgegen gekommen sind, haben mich alle angeschaut und niemand
hat gewagt, mein Kunstwerk anzufassen. Frauchen
haben sie auch angesehen, obwohl das eher bemit-
leidend aussah ... kann ja nicht jeder so hübsch sein
wie ich ... Frauchen hat halt andere Qualitäten!*

*Vollkommen zufrieden bin ich dann nach Hause
getrottet. Herrlich, wenn ein Tag so beginnt! Frauchen hatte dann auch noch eine Überraschung: Wir
sind gar nicht durch die Haustür gegangen, sondern
durch die Garage in den Garten. Herr Chester fand
es total gruselig, aber Frauchen war nicht kompro-
missbereit ... woher denn die schlechte Laune auf
einmal? Vielleicht war es noch zu früh. Frauchen ist
dann wieder rein gegangen und wir durften im Garten ein wenig rumtoben. Als sie wieder kam hatte sie
Handschuhe aus ihrer Tasche an, was mich ein wenig stutzig gemacht hat. Eine kleine Flasche hatte
sie auch dabei, was da wohl drin war??? Frauchen*

meint, dass zu einem ordentlichen Wellnesspro-gramm auch eine Kneipp-Anwendung gehört, des-wegen wurde ich erst mal eiskalt abgebraust. *Na, so hatten wir aber nicht gerechnet, aber zum Glück bin ich nicht so empfindlich.* Blöd war nur, dass die klei-nen Bröckchen davon raus gegangen sind und auch die kleinen weißen Dinger, die so schön über mein Fell gekrabbelt sind, waren alle weg. Nach dem Kneippen gab es noch einen Zwischengang: Mas-sage mit komischem Schaum, der mein ganzes Ge-ruchsbild wieder zerstört hat und dann noch einmal eine Kneipp-Anwendung. Zumindest bin ich danach noch schön trocken gerubbelt worden, aber mein Design ist hin ...die ganze Arbeit umsonst, aber morgen ist ja ein neuer Tag!!!

Geschrieben am 3. Mai 2015; 8:27 Uhr;

Tagebucheintrag von Frollein Luna & Herrn Chester

Wie seltsam, meine Schöne, ich dachte immer, dass dies unser Tiefpunkt gewesen ist. Ich hätte niemals gedacht, dass ich eines Tages überlegen könnte, einen verwesenden Fisch zu Dir nach Hause zu bringen und Dich damit einzureiben, um noch einmal diesen Gesichtsausdruck zu sehen.

In diesen Tagen hast Du mir viel beigebracht: Ich habe alle Arten gelernt, einen Hund wieder zu säu-bern. Sämtliche Mittel wurden ausprobiert, um Ge-rüche von Hunden, aus Wohnzimmern und aus Autos zu entfernen. Ich muss nicht mehr alles aufzählen, was mich dazu gebracht hat, so viele Alternativen auszuprobieren, das bleibt unser Geheimnis. Ich darf aber so viel verraten, dass die Fisch-Episode das Schlimmste war, was ich aus Deinem Fell entfernt habe. Das wurde durch nichts übertroffen.

Es gab aber auch andere Seiten in diesen Tagen: wir haben sehr viel gespielt. Du konntest gar nicht genug davon bekommen, mit Chester zu toben und auch wir wurden immer wieder zum Spielen und Toben von Dir aufgefordert. Es hat so viel Freude gemacht, dass mir heute noch Tränen der Rührung kommen, wenn ich daran zurück denke. Du hattest immer eine ganz bestimmte Tonlage, die unverkennbar zu dir gehörte, wenn Du jemandem zeigen wolltest, dass Du lustig bist. Du hast alles Mögliche angeschleppt, damit wir mit Dir spielen. Haben wir gerne gemacht, weil wir noch gut in Erinnerung hatten, wie Du vorher durch die Gegend geschlichen bist. Wir sind um die Wette gelaufen und haben mit Dir apportieren geübt. Wir waren dabei immer bedacht, Dich nicht zu überfordern, aber sobald wir uns umgedreht haben, sahen wir einen schwarzen Wirbelwind. Es hatte fast den Anschein, als ob du die letzten Wochen nachholen wolltest. Oder wolltest Du noch einmal alles auskosten? Ich weiß es nicht, meine Schöne. Vielleicht hast Du es schon gewusst oder geahnt. Ich habe es definitiv nicht einmal als Variable eingeplant, dass diese schöne Zeit enden könnte, aber das tat sie.

Ein Rückweg mit bösen Überraschungen

Es war an einem warmen Tag, mein Schöne! Es war natürlich immer warm in diesem Sommer. Es war ein unbarmherzig heißer Sommer in diesem Jahr. Du hast wie alle Retriever Hitze nicht gut vertragen. Wir haben unser möglichstes getan, um es für Euch so leicht wie möglich zu machen. Alles über 20° war für Euch eine reine Quälerei, aber ich kann das Wetter leider nicht beeinflussen. Vielleicht wäre alles anders verlaufen, wenn es in diesem Sommer nicht so heiß geworden wäre? Wahrscheinlich nicht, aber so kann ich wenigstens etwas für die ganze Geschichte verantwortlich machen. Das Wetter kann sich nicht wehren, es kann nicht widersprechen. Ich kann mich beschweren und darauf schimpfen, ohne dass mir das jemand übel nimmt. Ich weiß, dass das nur ein schwacher Trost ist und es ändert nichts, rein gar nichts, aber es tut gut, wenigstens etwas für die ganze Situation verantwortlich zu machen und das Wetter wird im allgemeinen schon für ganz andere Sachen zur Verantwortung gezogen.

Das Thermometer zeigte konstant Temperaturen über 30° und es war eine einzige Tortur für Euch. Selbst mir war zu warm, aber ich trage immerhin keinen Pelz bei dem Wetter. Wir haben jeden Tag alle Unterwolle aus Eurem Fell gekämmt und uns bemüht, Euch so eine kleine Erleichterung zu verschaffen. Spaziergänge haben wir auf den frühen Morgen und den späten Abend verschoben. Den restlichen Tag habt Ihr im Garten verbracht, immer schön im Schatten. Wir haben Euch kühle Tücher aufgelegt und Euch mit Eiswürfeln verwöhnt, aber es wurde immer heißer. Wir haben unsere Spaziergänge an das Wasser verlegt, damit Ihr dort wenigstens eine Abkühlung finden könnt, aber das waren immer nur kurze Erfrischungen, die schnell wieder vorbei waren.

An diesem Tag warst Du nicht gut dran. Du warst wieder sehr langsam und schwerfällig unterwegs. Wir haben uns keine großen Sorgen gemacht, weil es so warm war und wir dachten, dass Dir das Wetter zu schaffen macht. Es waren auch keine großen Ereignisse, die uns verunsichert haben. Du warst einfach nur langsam und nicht ganz Du selber. Wir sind nur eine winzig kleine Runde gelaufen, damit Du Dich nicht überanstrengst. Du hast uns immer sehr deutlich gezeigt, wie viel Du an einem Tag schaffen konntest. Dafür bin ich Dir sehr dankbar. Wir mussten nie Angst haben, dass Du Dich übernehmen könntest, weil Du sehr deutlich gezeigt hast, wann es Zeit ist nach Hause zu gehen. An diesem Tag wolltest Du schon früh umkehren und wir haben Dir diesen Wunsch gewährt. Mein Bauch war beunruhigt, ich kannte Dich immerhin gut genug, um Dein Befinden einigermaßen einschätzen zu können und etwas sagte mir, dass hier etwas gar nicht stimmt.

Auf dem Rückweg hast Du angefangen zu brechen, auf nüchternen Magen und eine ganze Menge. Natürlich warst Du nie ganz nüchtern, weil Du immer

Gras und anderen Kram draußen gefuttert hast, aber voll war Dein Magen nicht. Frühstück gab es immer erst nach dem Spaziergang. Du hast gar nicht aufgehört und meine Sorgen sind gewachsen und gewachsen. Ich konnte zuschauen, wie viel Kraft Dich das gekostet hat und ich konnte Dir nicht helfen. Wir waren gar nicht weit von zu Hause weg, aber der Weg zog sich unbarmherzig in die Länge. Ich habe mich schon mit dem Gedanken angefreundet, Dich nach Hause zu tragen, aber dann haben wir es doch geschafft. Mein erster Weg ging an das Telefon. Mit zitternden Knien habe ich unsere Tierärztin angerufen. Zum Glück lief nicht der Anrufbeantworter, sondern sie ist auch zu dieser frühen Stunde persönlich am Telefon gewesen. Ich wusste nicht, was ich tun sollte, um das Erbrechen zu stoppen. Sie erklärte mir, dass Hunde manchmal brechen, wenn der Magen leer ist und sie übersäuert sind. Ich sollte mal versuchen, Dich ganz vorsichtig und langsam zu füttern, wenn es in der nächsten Viertelstunde nicht besser sei, wollte sie vorbeikommen. Ich war skeptisch, weil Du ja erst gestern Abend wie immer gefuttert hast, aber ich wollte es ausprobieren. Wie durch Zauberhand hast Du gefuttert und alles ist drin geblieben. Es schien auf einmal logisch und sinnvoll, wir waren für das Erste beruhigt. Du hast über den Vormittag verteilt noch Deine ganze Portion gefuttert und warst wieder ganz die Alte, also immer noch langsam und träge, aber das Thermometer hat inzwischen auch fast 36° gezeigt. Wir haben noch ein paar Mal mit der Tierärztin gesprochen, aber es schien alles so weit wieder in Ordnung. Der Spuk war vorbei. Trotzdem habe ich Dich an diesem Tag nicht aus den Augen gelassen und wir haben alles noch ein wenig ruhiger angehen lassen, als es ohnehin schon bei uns geworden war.

Ein Geschenk für Dich

Wenn ich das heute so schreibe und alles noch einmal überdenken kann, was passiert ist, sehe ich die vielen Kleinigkeiten, die ein passendes Bild ergeben. Zu dem Zeitpunkt wussten wir aber noch nicht, wo die Reise hingehen soll und wir haben immer nur einen kleinen Teil überblicken können. Wie oft habe ich mir die Frage gestellt, wann wir hätten einschreiten sollen. Nächte lang habe ich daran gezweifelt, dass wir die richtigen Entscheidungen getroffen haben. Aber zu dem Zeitpunkt wusste ich ja schon, wie sich alles entwickelt hat, damals konnte ich nur aus der Situation heraus entscheiden und wir haben das gemacht, was wir, aber auch Tierärzte, für das Richtige gehalten haben. Bitte glaube mir, dass wir nicht einen Moment fahrlässig waren, wir haben nach bestem Wissen und Gewissen gehandelt.

Wir standen hier vor einem großen Problem: Du warst nicht mehr in der Lage große Runden zu laufen. Zum einen war es immer noch heiß, das Thermometer hat keinen einzigen Tag Temperaturen unter 30° gezeigt. So konnten wir nicht mehr mit Dir ans Wasser gehen. Mit dem Auto wollte ich auch nicht fahren, weil ich Dich in dem Zustand nicht in das heiße Auto bringen wollte, auch wenn wir eine Klimaanlage haben, braucht die eine Weile bis es angenehm kühl ist. Du konntest also nicht mehr zum Wasser. Dann mussten wir das Wasser eben zu Dir bringen! Gesagt, getan, meine Schöne.

Wir haben überlegt, was wir tun können. Es sollte in jedem Fall schnell gehen und unserer Gartengröße entsprechen. Es sollte aber auch seinen Zweck erfüllen. Mit einem Eimer ist es bei einem Flat coated Retriever nicht getan, das war uns schon klar. Es musste aber auch noch heute sein, schließlich hast Du die Abkühlung jetzt gebraucht und nicht erst einige Tage später. Eine Entscheidung war zumindest getroffen: ein Planschbecken sollte unsere Bedingungen erfüllen. Es ist schön niedrig, so dass Du bequem ein- und aussteigen konntest. Es war nicht zu groß und nicht zu klein und schnell zu besorgen. Leider war Dein Herrchen an diesem Tag mit dem Auto unterwegs, hat aber versprochen, dass er bei dem Baumarkt vorbei fährt, wenn wir bis abends nichts erreichen können.

Bis zum Abend wollte ich nicht warten, weil es jetzt heiß war und ich Dir eine Freude machen wollte, das hattest Du Dir verdient. Zum Glück kenne ich einen ganzen Haufen Menschen mit kleinen Kindern. Meine Idee war, dass einer von diesen Menschen doch noch ein Planschbecken übrig haben musste. Bei uns ist das noch nicht so lange her, dass die Kinder in dem Alter waren und ich weiß noch gut, dass wir oft jedes Jahr ein Neues kaufen mussten, weil Löcher den Ring kaputt gemacht haben oder es war zu klein, ließ sich nicht mehr auffinden. Aus unerfindlichen Gründen hatten wir lange Zeit immer mal wieder kaputte Planschbecken im Schuppen oder in der Garage, die den Weg in die Entsorgung nicht gefunden haben. Warum sollte es nur uns so gehen? Schließlich brauchten wir kein neues Becken, ein

Altes, das wir sofort haben können, reichte vollkommen aus. Ich habe eine Nachricht an alle Menschen, die ich in der näheren Umgebung kannte, geschickt und gefragt, ob nicht jemand ein altes Planschbecken besitzt oder jemanden kennt, der sich von seinem trennen möchte. Geduldig haben wir gewartet und dann ging es ganz schnell.

Freunde von uns haben sich gerade an diesem Tag einen kleinen Pool gekauft und brauchten ihr Planschbecken nicht mehr. Es musste nur noch leer gemacht werden und dann konnten wir es abholen. Der untere Ring war kaputt, aber das war uns egal. Es war sogar ein richtig schönes Planschbecken: groß und viereckig. Durch den kaputten unteren Ring war der Rand auch schön niedrig. So musstest Du gar nicht hüpfen, um herein zu gehen. Es war nahezu perfekt.

Ich habe gewartet, bis die Kinder zu Hause waren. Zu dem Zeitpunkt habe ich Dich schon ungern alleine gelassen, und dann bin ich zu Fuß losmarschiert und habe das Planschbecken abgeholt. Weißt Du noch, wie Du geschaut hast, als ich nach Hause gekommen bin? Ich war ziemlich nass, weil wir das Becken natürlich nicht mehr trocken gemacht haben. Außerdem habe ich eine unförmige blaue Masse mit mir geschleppt. Immerhin bist Du neugierig genug gewesen, um Dir das mal ganz in Ruhe anzusehen, was man von Deinem vierbeinigen Kumpel nicht behaupten kann. Chester fand das Ding gruselig und die Geräusche beim Aufpumpen der Kammern auch. Dir hat das nichts ausgemacht, Du bist an meiner Seite geblieben und hast Dir alles genau angesehen. Es war ganz schön anstrengend, vor allem weil es so warm war, aber wir haben es geschafft. Nachher haben sogar noch unsere Nachbarn Wasser aus ihrem Brunnen gespendet. Es waren alle besorgt über Deinen Zustand und jeder hat gerne seinen Teil dazu beigetragen, Dir eine kleine Freude zu bereiten.

Als Du endlich begriffen hast, was denn da in unserem Garten steht, hast Du Dich gefreut. Wir haben eine riesengroße Pfütze für Dich in den Garten geholt, mit angenehm kühlem Wasser drin. Dein Gesicht werde ich niemals vergessen. Ich könnte schwören, dass Du gelächelt hast und ich auch. Es hat Spaß gemacht, mit Dir in den Pool zu gehen und Du hast es sichtlich genossen. Jetzt musste ich mir keine Gedanken mehr machen, dass wir den Weg an den Rhein nicht mehr schaffen, weil wir Wasser im Garten hatten – ein „Luna-Wasser". Das kann auch nicht jeder Hund von sich behaupten, immerhin wohnen wir nicht einmal einen Kilometer vom Rhein entfernt. Das war uns aber egal, weil es für Dich keinen Unterschied gemacht hat, ob der Rhein einen oder eintausend Kilometer von uns entfernt war. Es war eindeutig zu weit.

Du tropfst!

Liebe Luna, es bricht mir das Herz, diese ganzen Erinnerungen an Dich leben wieder auf. Ich bin immer noch so unfassbar traurig und ich kann es immer noch nicht verstehen, was da überhaupt passiert ist. Meine schöne und tapfere Kämpferin, wie sehr muss es Dich in Deinem Stolz verletzt haben, was passiert ist. Du hast Dir nie etwas anmerken lassen. Du warst immer noch fröhlich, so gut es eben ging. Ich hätte mich wahrscheinlich verkrochen und die ganze Welt ausgeschlossen, aber Dein Lebensmotto war ein anderes.

Es fing ganz schleichend an, dass die Situation zunehmend gekippt ist, aber trotzdem ging es sehr schnell. Es ging Dir wieder schlechter. Du wurdest langsamer und schlapp, das aber auch bei weiterhin sehr heißen Temperaturen. Ich wäre besser mit Dir in den Norden gefahren, aber das stand leider nicht zur Debatte. Wir mussten hier bleiben. Morgens habe ich ein paar Tropfen auf dem Boden gefunden, nicht viele, aber gerade genug, um stutzig zu werden. Wer mit Hunden lebt, weiß, dass Tropfen auf dem Boden eigentlich zum Alltag gehören. Wenn Ihr trinkt, verteilt Ihr einen halben Wassernapf im ganzen Erdgeschoss und mit dem Planschbecken im Garten war das erst mal alles erklärbar. Außerdem hatten wir zwei stubenreine Hunde im Haus, wo sollte es also herkommen? Natürlich aus dem Pool oder dem Napf!

Seltsam fand ich es, dass ich vormittags auch Tropfen unter dem Tisch gefunden habe, da ist definitiv kein Napf und wenn Du im Pool warst, dann bist Du nass gewesen und hast nicht nur einzelne Tropfen hinterlassen. Es war auch schnell klar, dass das Problem bei Dir liegen musste, weil nur ein Hund immer verlässlich zu meinen Füßen lag. Ich beobachtete Dich genau, weil das neu war. Im Laufe des Vormittages war es klar, dass Du Urin verloren hast. Die Tierärztin war besorgt und versprach nachmittags vorbei zu kommen. Wir wollten aber mittags noch einmal telefonieren, weil ich auch noch Urinsticks zum Überprüfen zu Hause hatte.

Dir ging es zunehmend schlechter und mittlerweile lief der Urin einfach heraus, es tröpfelte nicht nur, es war ein Wasserhahn, den jemand vergessen hatte, aus zu drehen. Die Urinsticks, ja ich habe mehrere genommen, weil ich ein sicheres Ergebnis haben wollte, waren niederschmetternd. An Probematerial hatten wir ja genug. Niemand hat Dir das übel genommen. Wir besitzen Wischlappen und haben nirgendwo Teppiche liegen, also alles kein Problem. Es tat uns einfach nur leid und wir wollten Dich nicht so entwürdigt sehen. Wir wollten Dir so gerne helfen, aber wir wussten nicht, was wir tun sollten.

Nach Rücksprache mit der Tierärztin war eines klar: Deine Nieren versagten ihren Dienst. Du hattest noch nie Schwierigkeiten mit Deinen Nieren, zumindest wussten wir nichts davon und beim letzten Blutbild waren die Werte vollkommen in Ordnung.

Es musste also etwas Neues dazu gekommen sein. Wir waren alle alarmiert, weil die Situation doch plötzlich sehr ernst geworden ist. Daher kam wahrscheinlich auch Deine Übelkeit, Dein Körper hat sich bemüht, Giftstoffe auszuleiten. Wir brauchten eine schnelle Lösung, weil Dein Körper nicht lange durchgehalten hätte. Die Antwort lag eigentlich auf der Hand, weil Deine Schmerzmittel auch die Nieren schädigen konnten, das passiert nur sehr selten, aber es passiert. Es wurde alles abgesetzt und wir wollten ein neues Blutbild machen zur Kontrolle. Wir haben Dich genau beobachtet und waren alle in ständiger Alarmbereitschaft. Wir besprachen, dass wir für die momentane Krisensituation die Schmerzen in Kauf nehmen wollten und Dich erst einmal stabilisierten. In wenigen Tagen hatten wir eh einen Impftermin und da wollten wir dann gemeinsam überlegen, wie wir Deine Schmerzen alternativ in den Griff bekämen. Deine Nieren waren jetzt wichtiger. Meine arme Luna, was ist da passiert?

Zum Glück hat sich Dein Zustand schnell wieder gefangen, als wir die Medikamente abgesetzt hatten. Es schien tatsächlich daran zu liegen, aber was sollten wir jetzt tun? Die Schmerzmittel haben Dir offenkundig gut getan, aber der Preis war zu hoch. Es musste eine andere Lösung geben. Bis sich alles beruhigt hat, solltest Du selber entscheiden, wie viel Du Dir zumuten kannst. Die wilden Spaziergänge fanden ein Ende und wir haben angefangen, unseren kompletten Tagesablauf an Dich anzupassen. Das war das Mindeste was wir tun konnten und das haben wir gerne getan. Es wurde ruhiger bei uns und wir sind alle näher zusammengerückt. Eigentlich eine sehr schöne Zeit, wenn die Gründe nicht so traurig gewesen wären. Immerhin konnten wir zusehen, wie es Dir besser ging. Du hast aufgehört zu brechen und auch der Wasserfall wurde wieder zu einem kleinen tröpfelnden Rinnsal, mit dem wir alle gut leben konnten.

Wir mussten jetzt ganz in Ruhe überlegen, wie wir weiter vorgehen. Dein Körper hat auf alles sehr geschwächt und angeschlagen reagiert, also mussten wir Vorsicht walten lassen und genau abwägen, was wir tun und welche Risiken wir eingehen würden.

Es sollte nur eine Impfung sein

Der Impftermin rückte näher und damit auch der Tag der Blutergebnisse und der Entscheidungen, wie es weiter gehen soll. Du hast wie auch beim ersten Mal kein Frühstück bekommen, nur dass wir dieses Mal den Termin in aller Frühe vereinbart haben, weil sich niemand mehr getraut hat, Dich lange nüchtern zu lassen. Dich noch einmal so brechen zu sehen, wollte hier niemand.

So wurde es ein sehr früher Besuch von unserer Tierärztin, aber wir waren guter Dinge, dass sich schon alles fügen würde. Du warst zwar nicht mehr die Allerjüngste, aber wir hatten uns auf ein paar Jahre mit dir eingestellt und nichts deutete darauf hin, dass wir unsere Pläne ändern sollten. Du warst wieder vorbildlich bei der Blutabnahme und hast dabei mal wieder die Hände und die Ohren der Tierärztin abgeleckt. Fröhlich hast Du sie angesehen, obwohl es gepiekt haben muss. Du warst immer so fest davon überzeugt, dass alles seine Richtigkeit hat, was mit Dir geschieht. Das sind die Kleinigkeiten gewesen, die Dich ausgemacht haben und die schmerzhaft in Erinnerung bleiben. Du hattest etwas anderes verdient, als hier bei der Blutabnahme, krank und schwach, auch noch gute Laune verbreiten zu müssen, aber Du hast es getan. Niemals wäre Dir in den Sinn gekommen zu protestieren, meine Schöne!

Bei der anschließenden Untersuchung ist aufgefallen, dass Deine Schleimhäute sehr blass waren, Fieber hattest Du keines, das war zumindest etwas. Leider kamen auch aus Deiner Lunge keine wirklich zufriedenstellenden Geräusche und so langsam dämmerte es sogar mir, dass da etwas gar nicht in Ordnung war. Auch unsere vollkommen entspannte Tierärztin war besorgt und wollte Dir die Impfung ersparen. Lieber noch einmal die Blutergebnisse abwarten und die akute Situation behandeln, als noch eine zusätzliche Belastung mit in Deinen Körper zu schicken. Mir ist der Boden unter den Füßen weggerissen worden, was war nur los bei Dir? Immerhin ging es Dir deutlich besser als noch vor ein paar Tagen und das hat uns alle erst einmal so weit beruhigt, dass wir nicht um Dein Leben in den nächsten Stunden zittern mussten. Nachmittags waren alle Ergebnisse da und so lange hieß es warten, warten und noch einmal warten. Immerhin durftest Du jetzt frühstücken und Deinen Appetit hast Du behalten. Typisch Retriever!

Guten Morgen, alle zusammen,

hier ist Euer Frollein Luna und ich hatte heute Morgen richtig netten Besuch: unsere Tierärztin war da!!! Die kenne ich inzwischen richtig gut und freue mich jedes Mal, wenn wir uns sehen. Doof war nur, dass ich heute Morgen noch kein Frühstück bekommen habe, aber Frauchen war da unerbittlich. Nicht mal das kleinste Krümelchen durfte ich mir klauen. Frauchen können so gemein sein!!! Herr Chester durfte auch nichts futtern. So konnten wir zusammen unser Leid teilen. Dafür waren wir heute Morgen spazieren und Frauchen ist wieder mit dem Becher hinter mir her gelaufen, bis ich das erste Mal ... na ihr wisst schon. Auch daran habe ich mich inzwischen gewöhnt und es macht mir gar nichts mehr aus. Soll Frauchen halt mein Pipi im Becher sammeln, wenn es ihr Spaß macht. Da werden dann immer lustige bunte Streifen reingesteckt und Frauchen holt die Brille raus und guckt sich das ganz genau an. Ich versuche ja auch immer mal mit meiner Nase dazwischen zu kommen, aber ich kann da nichts Spannendes entdecken. Heute Morgen habe ich mich richtig gut gefühlt und wir haben wieder den halben Feldweg zusammen geschafft. Danach war ich aber müde und habe gedöst, bis es an der Tür geklingelt hat. Habe erst mal alle abgeschlabbert und die Tasche untersucht, aber da waren auch keine Leckerchen drin. Mist!!!

Die Tierärztin hat noch ganz lustige Sachen mit mir gemacht: Die hat sich ganz genau mein Herz und meine Lunge abgehört und dabei konnte ich ihr sogar die Ohren ablecken. Die fand das aber leider heute nicht so toll, weil sie ja etwas hören wollte. Da habe ich einfach Frauchens Ohr genommen. Die hat mich schließlich am Kopf gekrault. So durchgeknuddelt werden finde ich prima. Sogar Herr Chester ist mal gucken gekommen, hat sich aber schnell wieder verzogen. Dann habe ich noch so ein Ding in den Po bekommen, das gepiepst hat. Konnte ich aber auch gut verkraften. Danach musste ich mich hinlegen, Frauchen hat wieder meine Ohren gekrault - ihr wisst schon, die Stelle, bei der wir alle die Augen verdrehen; einfach herrlich. Dafür hat es hinten ein

wenig gepieckst, aber das habe ich kaum mitbekommen. Dann durfte ich wieder aufstehen und endlich auch mal mit der Tierärztin lustig sein. Jetzt hatte sie Zeit und es wurde nur noch geredet. Ich habe
immer mal wieder meinen Namen gehört, aber mehr
war mir egal, weil ich inzwischen zwischen drei Leu-
ten auf dem Rücken lag und sechs Hände zum
Streicheln frei waren. Das ist ein Leben!!! Dann war
es aber auch leider schon wieder vorbei und die
Tierärztin ist gegangen. Und wisst Ihr was dann
kam: Frühstück!!! Wenn der Tag so startet, kann gar
nichts schief gehen.

Naja, ich muss korrigieren: Für mich kann nichts
schief gehen. Bei Frauchen ist das wohl anders gelaufen, die sieht nämlich ein wenig aus, wie sieben
Tage Regenwetter. Habe noch mal scharf nachgedacht, aber außer dem Gewitter war die ganze Woche sehr schönes Wetter. Das kann also nicht die
Ursache sein. Ich war auch total brav, sogar Herr
Chester hat unseren Besuch genossen und die Kinder haben noch im Bett gelegen ... es muss also
definitiv etwas anderes sein. Habe mal angestrengt
gelauscht, als Frauchen mit Herrchen telefoniert hat
und die beiden scheinen Sorgen zu haben und dabei ist sogar mein Name gefallen. Huch, was ist
denn da los??? Jetzt fällt es mir auch wieder ein,
dass unsere Tierärztin auch nicht mit dem grenzen-
losen Optimismus gegangen ist, den ich sonst von
ihr kenne. Vor lauter Streicheln und Knuddeln habe
ich gar nicht aufgepasst. Das Problem liegt wohl
daran, dass es mir im Moment nicht so gut geht -
das habe ich ja auch mitbekommen, geht ja schließlich um mich!!! Meine Niere arbeitet nicht gut, des-

wegen läuft Frauchen ja auch immer mit dem Becher hinter mir her. Diesmal hat sogar unsere Tierärztin den letzten Becher mitgenommen und Frauchen hat erzählt, dass das noch mal ganz genau untersucht wird. Mein Blut hat sie auch mitgenommen. Das wird auch ganz genau untersucht, damit wir wissen, wie es meinen Nieren so geht. Heute ist noch dazu gekommen, dass ich beim Atmen komische Geräusche mache und mit meinem Kopf scheint auch etwas nicht in Ordnung zu sein. Habe mal nachgeschaut, aber es ist alles noch dran: zwei Ohren, Nase, Schnauze, Augen, alles da. Was soll also daran nicht stimmen??? Die Tierärztin meint, dass es eher in meinem Kopf ist - das macht schon mehr Sinn, da kann ich ja nicht nachsehen. Bis morgen haben wir die Untersuchungsergebnisse von Blut und Pipi. Es sieht aber so aus, als wäre in meinem Körper etwas drin, was den ganzen Körper angreift. Frauchen meint, ich soll mir keinen Kopf machen, wir sehen jetzt von einem Tag zum nächsten weiter. Da es mir heute recht gut geht, genießen wir den Tag und machen uns morgen Gedanken, wie es weiter geht.

Trotzdem brauche ich weiter Eure Daumen, denn im Moment ist immer noch nicht klar, was denn jetzt los ist. Ich mache mir eher Sorgen um mein Frauchen, weil die die ganze Zeit so traurig guckt und ein wenig mutlos wirkt. Sie hat mir immerhin versprochen, dass wir - wenn es weiter so kühl bleibt - heute Abend zum See in den Wald fahren. Krank sein, hat auch ganz viele Vorteile: ich werde mit dem Auto bis fast an den See gefahren und darf dann da planschen. Da waren wir schon einmal und es ist richtig gut da! Also betet für Luna-Auto-Wetter, damit ich an den See fahren darf. So jetzt lege ich mich wieder zu Herrn Chester in den Garten und wir dösen noch eine Runde

Liebe Grüße an alle
Eure Luna

Geschrieben am 6. Juli 2015, 10:00 Uhr,

Tagebucheintrag von Frollein Luna & Herrn Chester

Der Tag ging und ging nicht vorbei, wir haben uns die Zeit mit Spielen im Pool und Abhängen auf der Terrasse vertrieben, aber die Zeit war nicht unser Freund an diesem Tag. Vielleicht wollte sie uns aber auch noch eine kleine Schonfrist zum Durchatmen geben. Wir haben hier alle Situationen und Ergebnisse durchgesprochen und für jede denkbare Möglichkeit eine Lösung gefunden, aber theoretische Überlegungen sind vollkommen hinfällig, wenn sie zur Realität werden.

Wie vereinbart habe ich nachmittags angerufen und wieder habe ich zu hören bekommen, dass ich zurückgerufen werde, weil sie die Ergebnisse mit mir persönlich besprechen wollte. Oh Mist, das hörte sich gar nicht gut an. Zu dem Telefonat kam es dann nicht, weil wir uns auf der Abendrunde persönlich getroffen haben. Ich bin schon stutzig geworden, als sie erst einmal nur gefragt hat, wie es Dir denn geht

– ohne mir dabei in die Augen zu schauen. Wir haben uns kurz über Deinen Zustand unterhalten und dann konnte sie mir Deine Blutwerte auswendig aufzählen. Das kann ich selber nur in den Fällen, in denen ich mich ausdauernd mit den Patientendaten beschäftigt habe, also wenn ich beunruhigt bin. Im ersten Moment habe ich nur die medizinische Seite gehört, das ist mein Job, dafür bin ich ausgebildet. Blutergebnisse abgleichen und lesen können, gehört zu meiner Aufgabe. Also schaltet sich sofort das Großhirn ein und reagiert vollkommen rational. Was das wirklich alles bedeutet hat mein Herz erst auf dem Heimweg begriffen und ich bin wie in Watte gepackt nach Hause gelaufen. Unserer Tierärztin hat das alles auch gar nicht gefallen. Sie hat versprochen, noch einmal bei dem Labor nachzufragen, ob dort vielleicht noch jemand anderem etwas zu Deinen Werten einfällt. Ich wollte das alles erst einmal sacken lassen und wir haben vereinbart am nächsten Tag zu telefonieren.

Entscheidungen werden getroffen

Liebe Luna, das war der offensichtliche Anfang vom Ende, obwohl das Quatsch ist, weil das Ende ja schon viel früher eingeläutet wurde. Zu einem Zeitpunkt, als ich mich noch um Dreck im Haus und das Wälzen in schlimmen Sachen gekümmert habe. Ganz unbemerkt hat es sich in unser Leben eingeschlichen und hat sich breit gemacht, ohne dass uns dies bewusst war. Jetzt lag es mitten auf dem Tisch, ganz offen hat es sich breit gemacht und uns ausgelacht. Das Schicksal ist manchmal grausam und nicht zu begreifen. Die Ergebnisse lagen ganz deutlich auf dem Tisch: wir würden Dich verlieren, ganz egal, was wir jetzt tun, wir würden Dich verlieren.

Wir mussten sehr genau abwägen, wie wir jetzt weiter vorgehen. Eines war ganz klar, wir wollten Dich in keinem Fall leiden lassen und wir wollten Dir Schmerzen und Qualen ersparen. Da Du Narkosen nur sehr schlecht vertragen hast und jetzt in einem relativ geschwächten Zustand warst, fielen alle Untersuchungen aus unseren Überlegungen heraus, die eine Narkose mit sich bringen mussten. Wir wussten immerhin, was in Deinem Körper passiert, aber wir wussten nicht, warum. Wir brauchten unbedingt mehr Informationen, um hier Entscheidungen zu treffen.

Wir haben lange mit unserer Tierärztin gesprochen, die mittlerweile auch mit dem Labor Rücksprache

gehalten hat, aber auch dort kamen schlechte Nachrichten. Es war ein eindeutiges Ergebnis, an dem
nichts zu rütteln war. Wir haben mit einer befreunde-
ten Veterinärlaborantin gesprochen und sie auch
noch einmal gebeten, die Ergebnisse zu überprüfen
und sie ist leider auch zu dem gleichen Ergebnis
gekommen.

Es kam noch ein anderes Problem hinzu: immerhin
warst Du noch kein halbes Jahr bei uns. Normalerweise kommt nach einem halben Jahr noch einmal
ein Termin, in dem überprüft wird, ob auch alles richtig läuft und erst dann wären wir offiziell aus dem
Tierschutz heraus. Das ist natürlich reiner Unsinn,
weil wir mit Chester schon lange die Halbjahresmar-
ke überschritten haben und trotzdem noch in sehr
engem Kontakt mit unserem Verein stehen, aber
das ist ein Weg, den wir ganz freiwillig gewählt haben. Ich war mir gar nicht mehr so sicher, ob ich
alleine entscheiden darf. Vielleicht wollte ich auch,
dass mir jemand Entscheidungen abnimmt? Am
liebsten wäre es mir gewesen, dass mich jemand
geweckt hätte und mir erklärt hätte, dass dies alles
nur ein böser Traum gewesen wäre. Dann würdest
Du jetzt unter dem Tisch vor meinen Füßen liegen
und nach totem Fisch oder Fuchsdung riechen und
alles wäre in Ordnung. Stimmt nicht, weil dann diese
Briefe gar nicht existieren würden.

Wir haben also eine Nachricht an unsere Nachbetreuung geschrieben und ihr kurz und präzise die
Situation geschildert und um eine kurze Antwort

gebeten, wie wir weiter vorgehen dürfen und müssen. Ich muss an dieser Stelle wirklich einmal betonen, wie gut wir bei unserem Tierschutzverein aufgehoben sind. Die Menschen, die dort ehrenamtlich arbeiten, waren da und haben aufgefangen, was aufzufangen ging. Es hat nicht lange gedauert, bis das Telefon geklingelt hat und jemand zurück gerufen hat. Die Entscheidungen lagen komplett in meiner Hand, aber ich könnte mich gerne jederzeit an den Verein wenden, damit wir Entscheidungen besprechen könnten. Ich war dankbar und erleichtert, auch wenn ich jetzt die Entscheidungen alleine treffen musste, hatte ich kompetente Menschen an meiner Seite, die mir zuhörten und die das Für und Wider mit uns gemeinsam abwägen würden. Abends ging sogar noch einmal das Telefon, es war ein Vereinsmitglied aus einer ganz anderen Ecke Deutschlands und mit Veterinärmedizin bestens vertraut. Sie hat mir Hilfe angeboten und so sind wir noch einmal gemeinsam alle Symptome und alle Ergebnisse sowie die Schlüsse, die wir bis jetzt daraus gezogen haben, durchgegangen. Es war beruhigend, aber auch gleichzeitig niederschmetternd, dass bis jetzt alles richtig gelaufen ist und es auch keine anderen Rückschlüsse gibt. Luna, was sollten wir jetzt machen? Unsere Welt geriet ins Wanken und wir konnten überhaupt nicht begreifen, was da passiert ist. Wie lange noch und wie würde die ganze Geschichte enden? Luna, es tut mir so unendlich leid, dass wir nichts tun konnten und das wir so überrannt worden sind. Wir wollten Dir ein Zuhause schenken, in dem Du in Ruhe alt werden kannst, aber nicht einen Ort, an dem Du nach wenigen Monaten schon gehen musstest. Was hat sich denn jemand dabei gedacht? Es war unfair und gemein. Das war alles, was uns dazu eingefallen ist. Wir waren fassungslos, weil es so wenig greifbar war. Sicher, wir wussten, dass es Dir nicht gut ging, aber das es so schlimm war, war für uns unfassbar. Wir haben uns geweigert, das Unvermeidliche anzunehmen. Aber wir mussten, wir hatten keine Wahl, weglaufen ging nicht.

Wie wir entschieden haben, weißt Du ganz genau, schließlich musstest Du mit den Konsequenzen leben. Ich hoffe, dass wir Entscheidungen in Deinem Sinn getroffen haben, weil Du Dich ja gepflegt aus den Überlegungen heraus gehalten hast. Du hast uns mit Deiner Liebe beschenkt und darauf vertraut, dass wir schon alles richtig machen werden. Ich danke Dir für dieses Vertrauen und ich hoffe, dass wir es richtig gemacht haben. Wissen kann ich es nicht, denn die Alternative habe ich nie kennengelernt, aber wir haben uns bemüht, Dir das zu geben, was Du Dir verdient hast.

Hallo, alle zusammen,

das war wirklich ein schöner Tag für Herrn Chester und auch für Frollein Luna, die ja trotzdem immer noch ganz fröhlich ist - soweit es halt geht, schlapp ist sie ja trotzdem. Leider war gestern kein guter Tag für mich und den Rest der Zweibeiner. Die zweite Blutuntersuchung hat sehr schlechte und eindeutige Ergebnisse gegeben. Ich habe gestern lange mit unserer Tierärztin gesprochen und wir haben alle

Möglichkeiten durchgesprochen. Netterweise hat sie auch noch einmal Rücksprache mit dem Labor gehalten und wir haben heute noch einmal alle Werte besprochen. Dazu habe ich gestern noch ein sehr nettes Telefonat gehabt, in dem es leider aber auch keine neuen Ideen gab. Es gibt zwar eine Reihe von möglichen Ursachen, aber keine von denen lässt sich auf eine Weise behandeln, die Luna gut überstehen kann und die ich mit meinem Gewissen vereinbaren kann. Die nötigen Untersuchungen sind teilweise auch sehr belastend, da Luna eh sehr geschwächt ist und schon in guten Tagen Schwierigkeiten mit Narkosen hat, und schmerzhaft. Da wir keine der Ursachen behandeln können, haben wir uns gegen eine weitere Diagnostik entschieden. Wir werden nächste Woche mit Luna gemeinsam in unsere Almhütte in Urlaub fahren und dort kann sie in aller Ruhe auf einem riesigen Grundstück rumtapern und den Tag genießen. Wenn Ausflüge an den See oder in eine Klamm gehen, ist das klasse, wenn nicht, ist das auch in Ordnung. Wir lassen uns überraschen.

Trotzdem lassen wir den Kopf nicht hängen. Wir haben hier schwierige Entscheidungen im Sinne von Luna getroffen und diese mit unserer Tierärztin abgesprochen. Auch wenn das alles sehr schwer war und ist, geben wir die Hoffnung nicht auf. Wir haben uns bewusst für ein älteres Modell entschieden und stehen jetzt in der Verantwortung, diesen Weg mit Luna zu gehen. Das machen wir gerne und deswegen entscheiden wir komplett im Sinne von Luna. Wir bemühen uns ihr jedes Leiden zu ersparen. Trotzdem behalten wir uns einen Rest Hoffnung. Ich habe schon zu viel gesehen, um diese Hoffnung einfach weg zu werfen. Immerhin haben wir jetzt noch ein wenig Zeit, uns auf alles vorzubereiten, was denn da noch kommt. Die Zeit werden wir genießen und Luna das machen lassen, was ihr gut tut. Als wir den kleinen Chester adoptiert haben, war uns bewusst, dass wir ihn eines Tages gehen lassen müssen. Der Tag mag noch fern sein, aber er wird kommen. Wir haben leider schon einige Tiere plötzlich in ganz jungen Jahren verloren - durch Unfälle oder Krankheiten, da hatten wir nicht die Möglichkeit, langsam Abschied zu nehmen. Also haben wir doch hier eine Chance, sie ganz bewusst zu begleiten.

Die ganze Situation ist unendlich schwer für uns und ich kann es immer noch nicht fassen. Wie viel Zeit uns bleibt, wissen wir nicht, da lassen wir uns überraschen. Ich werde nicht mehr über Lunas Krankheit schreiben, ich werde weiter das Tagebuch führen und natürlich kommt zwischen den Zeilen der ein oder andere Zwischenton rüber, aber ich möchte nicht, dass die Krankheit alles überschattet und wir nur noch hier weinen. Wir möchten - auch das im Sinne von Luna - so viel Normalität wie irgend möglich, wir möchten lachen und rumalbern. Schutzengel nehmen wir natürlich gerne weiter an :-) und wenn jemand einen besonders guten Draht nach oben hat: wir wünschen uns Zeit und davon gerne eine ganze Menge, die nehmen wir gerne. In erster Linie wünsche ich mir aber, dass unsere schwarze Dame nicht leiden muss. Wir bemühen uns, sie so schmerzfrei wie irgendwie möglich zu halten, ohne ihren Körper zu belasten.

Entschuldigt bitte, ich bemühe mich, dass es nicht allzu emotional wird, das klappt aber leider nur bedingt. Ich möchte mich noch einmal bei Euch allen bedanken, für Eure Unterstützung, für jedes nette Wort, für eine ganze Kompanie Schutzengel und für ein offenes Ohr zu jeder Zeit. Aber am allermeisten möchte ich mich für die beiden wundervollsten Hunde bedanken, die es jemals gab! Ohne die lustige Bande und Euch wäre mein Leben ganz schön trist und langweilig! Danke!!!

Liebe Grüße und allen eine gute Nacht! Genießt den Tag und schaut nicht auf gestern oder morgen! Manuela

Geschrieben am 8. Juli 2015; 22:17 Uhr;

Tagebucheintrag von Frollein Luna & Herrn Chester

Wir haben die schwerste Entscheidung getroffen, die wir jemals treffen mussten. Wir haben beschlossen, der Natur ihren Lauf zu lassen und nur dann einzugreifen, wenn es zwingend nötig ist. Weitere Untersuchungen haben wir abgelehnt, weil sie Dir nur unnötige Schmerzen bereitet hätten oder wir das Risiko einer Narkose eingegangen wären. Neue Ergebnisse hätten uns vielleicht die Frage nach dem warum beantwortet, aber sie hätten Dir nichts mehr gebracht, also haben wir uns schweren Herzens darauf besinnt, was jetzt wichtig ist und das waren nicht die Gründe, sondern Dein Zustand. Wir haben uns über eine Reihe Notfallmedikamente informiert, mit denen wir Dich stabilisieren könnten, wenn es notwendig sein sollte. Wir wollten uns dies aber für den Notfall bereit halten, weil wir wussten, dass das keine endgültige Lösung sein würde. Die Würfel waren gefallen und wir mussten jetzt einen neuen Abschnitt in Deinem Leben einläuten. Wie lange es dauern würde, lag nicht in unserer Hand, das würde weiter oben entschieden.

Ich muss ehrlich sein, meine Schöne! Wir haben auch andere Ratschläge bekommen, meistens ungefragt und von Menschen, die weder Dich noch uns gut kannten. Ich weiß noch, wie sehr mich das geärgert hat, als die Kinder klein waren und Menschen ungefragt Ratschläge gegeben haben. Mit Dir habe ich gelernt, dass es bei Hundebesitzern und noch besser bei Menschen, die keinen Hund haben und auch noch nie einen hatten, nicht anders ist. Es war für alle offensichtlich, dass es Dir nicht gut ging und natürlich haben Menschen nachgefragt, auch uns sah man an, dass wir nicht mit dem endlosen Grinsen durch die Welt gegangen sind. Wir haben alles gehört, angefangen von Spezialkliniken 500km von uns entfernt mit abenteuerlichen Behandlungsmöglichkeiten, die für Dich einen wochenlangen Aufenthalt in der Klinik mit Transfusionen und schwierigen OPs bedeutet hätten. Es gab aber auch eine erschreckend große Fraktion, die der Ansicht war, dass wir Dich doch einfach zurück geben sollten und einen neuen Hund aufnehmen könnten. Du warst doch kein Garantieangebot, das man bei Fehlern einfach umtauschen konnte. Es gab sogar Menschen, die gesagt haben, dass wir Dich doch einfach jetzt einschläfern lassen sollten. Anfangs war ich noch schockiert und wollte mit diesen Menschen reden, aber bald habe ich es Dir nachgemacht und habe mich bedankt und bin mit Dir meines Weges gegangen. Auf solche Diskussionen hatte ich in dem Moment keine Lust und es hat auch zu nichts geführt. All diese Optionen standen für uns nicht zur Diskussion, niemals hätten wir Dich abgegeben, meine Schöne, niemals! Das Bild, Dich in einer Tierklinik, leidend und an Schläuche angeschlossen, damit wir noch ein paar Wochen mehr haben, wollte hier auch niemand sehen. Die Zeit mit dir sollte für Dich schön sein. Wir wollten Dir gute Erinnerungen schenken und keinen Tierklinikalltag. So solltest Du nicht gehen.

Unser Leben verändert sich

Wir wussten von Anfang an, dass wir nicht viel Zeit mit Dir verbringen werden, immerhin warst Du schon eine Dame im gesetzten Alter, wir hatten uns auf ein paar Jahre eingestellt. Das uns nur so wenig Zeit mit Dir bleibt, war nicht Teil unseres Planes, trotzdem mussten wir uns jetzt dieser Aufgabe stellen. Du würdest sterben und das nicht irgendwann in ferner Zukunft, sondern in den nächsten Wochen – mit etwas Glück blieben uns noch ein paar Monate mit Dir. Wir haben uns entschieden, diesen Weg mit Dir gemeinsam zu gehen und das hat unser Leben grundlegend geändert.

Es hat lange gedauert und viele Gespräche benötigt, bis wir wirklich verstanden haben, was da passiert. So richtig begriffen haben wir es wahrscheinlich erst, als es soweit war, aber zu diesem Zeitpunkt hatten sich schon grundlegende Dinge geändert. Wir haben fest entschieden, dass wir Dein Sterben begleiten werden. Wir wollten Dir die letzte Zeit so schön wie möglich machen und die verbleibende Zeit mit Dir genießen. Jeder Augenblick wurde auf einmal kostbar und einmalig. Wir haben unser komplettes Leben auf Dich eingestellt und uns nach Dir und Deinem Tagesbefinden gerichtet. Alle Termine, die nicht wichtig waren, wurden radikal gestrichen und wir beschränkten uns auf das Nötigste. Es war auf einmal sehr still und leise hier. Vieles, was uns immer sehr wichtig war, war auf einen Schlag Nebensache. Themen, die sonst nicht Teil unserer Familie waren, wurden besprochen und sind in den Mittelpunkt gerückt. Traurige Gedanken hielten Einzug. Wir mussten uns der Endlichkeit des Lebens stellen und das in einer sehr grausamen Art und Weise. Aber es rückte auch andere Sachen in den Vordergrund. Wir sahen auf einmal all die schönen kleinen Momente im Leben.

Wir genossen jeden einzelnen Augenblick mit Dir. An guten Tagen hast Du es noch an den Rhein geschafft und wir haben gemeinsam den Möwen zugesehen. Ich habe mit Dir wunderschöne, kleine Spaziergänge erlebt. Jeden Morgen, wenn ich aufgestanden bin, habe ich Dein fröhliches Bellen und Jaulen erwartet und mich gefreut. An den schlechten Tagen habe ich mir ein Buch genommen und mich zu Dir auf den Boden gelegt und gelesen. Du musstest nicht mehr alleine sein, immer war jemand bei Dir. Du bist langsam gegangen, jeden Tag ein kleines Stückchen, an manchen Tagen ging es Dir besser und wir hatten viel Spaß miteinander, an anderen sind wir zusammengerückt, um Dir beizustehen. Wir konnten nicht viel tun, außer Dir zeigen, dass wir Dich von ganzem Herzen liebten und bei Dir sind. Wir wollten Dich nicht alleine lassen und Du hast uns all die Liebe geschenkt, die Du hattest. Auch, wenn es noch so traurig war, möchte ich diese Zeit mit Dir nicht missen, weil sie sehr intensiv war und unser ganzes Haus umhüllt war in der Liebe zum Augenblick. Ein zerbrechlicher Friede, der jederzeit umschlagen konnte, aber dafür umso kostbarer.

Da es immer noch sehr heiß war, habe ich oft mit Dir zusammen im Garten geschlafen. Ganz still ist es gewesen. Nur wir Beide und der Sternenhimmel über uns. Ich habe mich oft gefragt, wie oft wir diesen Himmel noch gemeinsam betrachten werden. Wie oft wirst Du noch neben mir oder in meinem Arm liegen? Ich habe um ein Wunder gebetet, obwohl ich wusste, dass es nicht kommen würde, aber einen Funken Hoffnung habe ich mir bewahrt. In wie vielen Nächten habe ich wach gelegen und Deinem Atem gelauscht? Ich weiß nicht, wie oft ich nachts wach geworden bin und mir alles weh tat, weil Du halb auf mir gelegen hast. Ich habe es nicht gewagt, Dich zu wecken, meine Schöne! Ich habe eingeschlafene Arme und Beine gerne in Kauf genommen, um Dich zu spüren.

An einem Samstag hatte ich Geburtstag. Es sollte eine richtig schöne Party werden, aber Dir ging es schlecht an dem Tag. Ich hatte schon mit dem Gedanken gespielt, alles abzusagen, um Dir die nötige Ruhe zu geben, aber wir haben entschieden trotzdem zu feiern. Es sollte mein erster und letzter Geburtstag mit Dir an meiner Seite sein. All unsere Freunde wussten Bescheid und waren genauso betroffen wie wir. Es wurde ein sehr leiser Geburtstag, an dem Du von jedem die Streicheleinheiten bekommen hast, die Du Dir gewünscht hast. Lange haben wir auf der Terrasse gesessen und miteinander geredet. Du warst meine stille Begleiterin vor meinen Füßen. Tief und fest hast Du geschlafen und leise geschnarcht. Es war so eine friedliche Atmosphäre, wie ich sie noch nie an meinem Geburtstag erlebt habe. Es wurde gelacht und viel geredet. Wir haben alle an diesem Abend gespürt, wie einzigartig und kostbar jeder Augenblick des Lebens ist. Liebe Luna, ich hätte das wahrscheinlich niemals ohne die Erfahrung mit Dir so wahrgenommen. Mein Leben ist intensiver geworden und kostbarer. Du hast mir nicht nur Deine Liebe geschenkt, Du hast mir auch gezeigt, was wirklich im Leben zählt. All die kleinen Augenblicke, die wertvollen Menschen, die mein Leben begleiten, hast Du in den Mittelpunkt gerückt. Ich wünsche mir von ganzem Herzen, dass ich diese Lektion ohne Deinen Verlust gelernt hätte. Ich hätte Dich noch so gerne an meiner Seite gehabt, aber jetzt trage ich Dich in meinem Herzen und schreibe Dir diese Gedanken auf. Das Gefühl dieser Wochen ist mir aber geblieben. Jeder einzelne Tag trägt einen Teil von Dir und die Stimmung dieser wunderschönen und tief traurigen Wochen.

Ganz langsam hast Du uns gezeigt, dass es Zeit ist zum Abschied nehmen. Du bist nicht plötzlich gegangen, sondern jeden Tag ein kleines Stückchen mehr. Das hat es für uns alle sehr leicht gemacht, uns darauf vorzubereiten, obwohl es immer noch zu früh kam, aber das hätte ich wahrscheinlich auch gesagt, wenn unser Weg zehn Jahre gedauert hätte. Ich weiß es nicht.

Wieder Entscheidungen

Unser Urlaub stand vor der Tür und wir mussten uns die bange Frage stellen, ob Du das schaffst. Wir fahren immer in eine einsame Berghütte in den Alpen. Du hättest dort viel Ruhe und es wäre deutlich kühler als hier bei uns zu Hause, aber würdest Du die Fahrt schaffen? Was wäre die Alternative gewesen? Ohne Dich zu fahren, stand nicht eine Sekunde zur Debatte. Eine mögliche Alternative wäre, dass ich mit Dir zuhause bleiben würde, aber wir wollten Dich so gerne mitnehmen, um mit Dir dort noch Zeit zu verbringen. Du warst zu dem Zeitpunkt so schwach, dass wir gar nicht wussten, ob Du die Veränderung gut überstehen kannst. Fragen über Fragen und uns blieben nur noch wenige Tage Zeit.

Wir haben mit vielen Menschen über unsere Gedankenspiele gesprochen und immer nur ein Ergebnis bekommen: warum denn nicht fahren? Ja, meine Schöne, warum nicht. Ganz hart gesagt, konntest Du auch dort sterben. Vielleicht in einer schöneren Umgebung, aber wir wollten unbedingt alle zusammen bleiben und die Zeit mit Dir genießen. Wir haben uns auf das Schlimmste vorbereitet und zu diesem Zeitpunkt waren wir uns gar nicht sicher, ob unsere Überlegungen nicht überflüssig werden könnten. Wir haben nur noch von einem Tag auf den nächsten geplant, einen Zeitraum von zwei Wochen haben wir uns nicht getraut zu überdenken. Trotzdem drängte der Tag, an dem wir eine Entscheidung zum Thema unser Urlaub und Luna treffen mussten.

Es ist ein eindeutiges Familienvotum geworden: wir fahren alle gemeinsam mit Dir!

So haben wir unseren Urlaub spontan umgeplant. Die Hütte ist als Ziel geblieben, aber unsere Ausflugsplanung hat sich radikal verändert. Wir wollten Dir auch dort die Zeit geben, die Du brauchst. In der Hütte war es für Dich optimal, weil ein Großteil des Grundstücks eingezäunt ist. Du könntest Dich dort frei nach Deinem Befinden bewegen und würdest die nötige Ruhe bekommen. Ausflüge wurden so geplant, dass immer jemand mit Dir in der Hütte bleiben könnte. Du konntest alles, musstest aber nichts. So sollte es sein und so haben wir es gemacht.

Natürlich haben wir noch ein paar Vorkehrungen getroffen. Ich habe lange mit unserer Tierärztin gesprochen und mit ihr abgestimmt, was zu tun ist und was eventuell auf uns zukommen könnte. Sie hat mir angeboten, einige Notfallmedikamente zusammen zu packen und uns genau erklärt, was uns erwarten könnte. Wir haben lange überlegt, uns dann aber dagegen entschieden. Ich hatte einen Zettel dabei, auf dem alles aufgeschrieben stand, aber ich wollte nicht selber entscheiden, wann es so weit ist. Zur Sicherheit haben wir noch mit unserem Vermieter im Urlaub gesprochen. Er ist selber Katzenbesitzer und hat uns wärmstens den Tierarzt aus dem Nachbarort empfohlen. Als einziger Landtierarzt dort, steht er immer für Notfälle bereit und macht auch Hausbesuche, sogar in unserer Hütte. Wir haben mit ihm Kontakt aufgenommen und ihm die Situation geschildert. Er hat uns beruhigt und uns versichert, dass er zu uns kommt, wenn wir Hilfe brauchen. Er hat sich die ganze Krankheitsgeschichte angehört, die Untersuchungsergebnisse abgeglichen und auch die vorgeschlagenen Medikamente aufgeschrieben. Er hatte keine Bedenken und hat uns beruhigt, dass er für uns da sein wird. Ein Geschenk des Himmels, so konnten wir beruhigt fahren. Wir waren in guten Händen, auch wenn dieser Urlaub kein gutes Ende nehmen würde.

Die Taschen wurden gepackt und wir haben gehofft und gebetet, dass wir Deine Sachen nicht wieder auspacken müssen. Du warst schwach, aber stabil und so machte sich leise Vorfreude breit. Wir fahren gerne in Urlaub und auch in diesem Jahr wollten wir gerne fahren. Nichts hätte sich geändert, wenn wir zu Hause geblieben wären.

Wir haben unser Auto gepackt und sind gut vorbereitet und voller Optimismus in den Tag gestartet. Um es für Dich so angenehm wie möglich zu machen, sind wir ganz früh morgens gefahren. Fünf Stunden Fahrt mussten wir bewältigen und wir wollten an der Hütte sein, bevor es zu heiß sein würde. Meine Gebete in dieser Nacht waren ein dauerndes Mantra, dass Du wenigstens die Fahrt gut überstehst. Ich wollte mit Dir eine Nacht in den Bergen verbringen, mit Dir den Sternenhimmel in den Alpen bewundern. Ich wollte ein Bild von Dir in meiner Erinnerung, auf dem Du über Bergwiesen läufst oder zumindest darauf liegst. Ich habe um dieses Bild gebetet, um mehr habe ich mich nicht getraut zu bitten. Ich bin sehr zurückhaltend geworden, was meine Wünsche betrifft.

Unser kleines Wunder

Mit gemischten Gefühlen bin ich gestartet. Die Fahrt stand unter keinem guten Stern und ich habe mehr als einmal darüber nachgedacht, dass wir einfach wieder nach Hause fahren sollten. Zuerst hat unsere Kleine angemerkt, dass Ihr übel wird. Unser Papa klagte über Kopfschmerzen und als wir gerade wieder auf der Autobahn waren, wurdest Du unruhig und musstest unbedingt mal raus. Also waren wir doch deutlich länger unterwegs, als wir eingeplant hatten, aber schließlich waren wir am Ziel angekommen und alle waren gesund und munter. Es war noch früh am Tag und Ihr Hunde habt Euch Eure kleine Runde auf dem Grundstück mit anschließendem Frühstück verdient.

Es war ein traumhaftes Bild, als wir ankamen: herrlicher Sonnenschein bei annehmbaren Temperaturen. Du hast Dich sofort wohl gefühlt und als allererstes hast Du Dich auf der Wiese gewälzt. Das hast Du immer schon gerne gemacht, vor allem, wenn Du längere Zeit ruhig sein musstest. Das war Dein Ausdruck von Freude, dass Du Dich wieder frei bewegen konntest. Verdient hattest Du Dir das, immerhin waren wir eine Stunde länger unterwegs, als wir vorhatten. Die Hütte hat Dir auch gut gefallen. Du hast Dich sofort umgeschaut und schnell einen Platz gefunden, an dem man herrlich dösen konnte und dabei noch alles im Blick hatte. Wir haben schnell das Auto leer geräumt und dann erst einmal das kleine Planschbecken aus dem Keller geholt. Für

Dich sollte es auch hier immer kühles und frisches Wasser geben, es sollte Dir hier an der Hütte an nichts fehlen.

Wir haben beschlossen, dass es an der Zeit war, Euch ein wenig zu bewegen und nach einer kurzen Ruhepause für alle wollten wir zumindest mit Chester eine kleine Runde drehen. Du konntest selber entscheiden, ob Du mitkommen wolltest oder ob Du lieber auf der Wiese dösen wolltest. Da Du sofort angerannt gekommen bist, als Du die Leine gehört hast, sind wir zusammen los, umdrehen konnte man schließlich immer noch. Ich habe keine Ahnung, woher Du Deine Energie genommen hast, aber Du hast Dich bewegt, wie ein junger Hund. Ganz ohne Schmerzmittel bist Du über die Wiese getollt und hast sogar mit Chester eine wilde Toberei gestartet. Wir hätten weinen können vor Glück. Das war das Bild, von dem ich geträumt habe. Du bist immer wieder zu uns gekommen und hast so glücklich ausgesehen. Du wolltest sogar noch mit dem Ball spielen. Wir haben ihn für Dich nicht so weit geworfen, aber Du bist voller Lebensfreude hinterher und hast ihn wieder geholt. Wir hatten ganz eindeutig die richtige Entscheidung getroffen und waren sehr glücklich darüber. Jetzt konnte kommen, was wollte. Wir mussten uns nicht mehr hinterfragen, wir mussten nur in Deine Augen schauen. Den restlichen Tag hast Du einfach nur genossen.

Wir haben neuen Mut gefasst und uns überlegt, was wir mit Dir tun können. Es sollten kleine Ausflüge sein und sie sollten immer am Wasser enden. Das war Dein Element und dieser Urlaub war für Dich. Jeden Tag haben wir eine Luna-Zeit eingebaut, in der wir voll auf Deine Bedürfnisse eingehen könnten. Den Rest des Tages hattest Du zu Deiner freien Verfügung. Damit Chester auch ausgelastet war, ist er jeden Morgen mit Eurem Herrchen nach unten ins Dorf gelaufen, um Brötchen zu holen. Du durftest ausschlafen, weil der Weg herunter zu weit und zu anstrengend für Dich gewesen wäre, ganz zu schweigen von dem Weg wieder herauf.

Der Urlaub ist genau wie unsere Zeit zu Hause sehr ruhig geworden. Wir sind zum neunten Mal in dieser Gegend, alles Wichtige wurde schon besichtigt. Wir hatten keinen Druck mehr, etwas zu sehen. Wir wollten nur Zeit haben und die hast Du uns geschenkt und wir haben sie dankbar angenommen. Wir haben viel gelacht, Karten gespielt und zusammen geredet. Die Gitarre wurde ausgepackt und das Strickzeug fand seinen Platz. Abends haben wir lange vor der Hütte gesessen und in die Sterne geschaut, Du immer vor meinen Füßen, ganz gemütlich in vollkommenem Frieden mit Dir und Deiner Umwelt. Du hast eine unglaubliche Ruhe ausgestrahlt und jedem ins Herz gesendet, der Deinen Weg gekreuzt hat. Wunderschöne Momente für unsere ganze Familie, die Du uns geschenkt hast.

Grüß Gott, alle zusammen,

hier sind Frollein Luna und Herr Chester aus dem Urlaub.

Die Hinfahrt war ganz schön gruselig, weil wir gar nicht wussten, was denn da passiert und entsprechend lange hat es gedauert: Zuerst wurde unserer Kleinen übel und wir mussten alle anhalten, damit sie nach vorne und Frauchen nach hinten kommen konnte, dann bekam Herrchen Kopfschmerzen und wir haben wieder gehalten, dann musste ich, die Luna, mal dringend raus und wir haben zur Abwechslung mal gehalten. Aber am Ende waren wir gut an der Hütte und alle waren zufrieden. Ich, der Chester, war ja schon hier und kannte mich sofort aus. Der Luna habe ich alles gezeigt. Nachdem die Zweibeiner alles ausgepackt haben und wir beide alles erkundet hatten, sind wir eine kleine Runde spazieren gegangen. Frauchen hat mich fast einen Kopf kleiner gemacht, denn nach nicht einmal sechs Stunden Allgäu wurde aus einem Golden Retriever ein Gülle Retriever:

So habe ich dann auch direkt mal die Dusche getestet und durfte als erster das Shampoo probieren. Nach dem Bad hat die komplette Familie meinen neuen Duft als angemessen befunden und ich durfte wieder in die Hütte.

Wir haben in den zwei Wochen viele Ausflüge gemacht. Da ich, die Luna, nicht so viel laufen konnte, haben wir nur kleine Ausflüge gemacht. Dafür durfte Herr Chester jeden Morgen mit Herrchen Brötchen holen gehen. Die beiden mussten immer mit dem Rucksack losgehen, weil der Weg so weit war. Die beiden mussten erst den ganzen Weg runter und nachher mit den Brötchen, die hier Semmeln heißen, wieder rauf, aber danach waren die beiden Herren richtig gut drauf. Meine Aufgabe war das Warten am Zaun und das habe ich mit Bravour gemeistert und die Beiden entsprechend begrüßt.

Unsere Familie war total nett und wir waren jeden Tag am Wasser. Mal waren wir im Wald bei einem Gebirgsbach, mal an dem See und mal in einem Tobel. Deswegen gibt es auch in diesem Jahr nur Hunde-Wasser-Bilder. Ich, die Luna, bin immer zur Wildsau geworden, wenn ich das Wasser nur gerochen habe und habe mal gezeigt, was so alles in mir steckt.

Unterwegs haben wir auch ganz oft eine Brotzeit auf einer Alpe mitgenommen. Das war toll, weil immer mal wieder Käse oder Schinken den Weg unter den Tisch gefunden haben. Aus irgendeinem Grund ist morgens auch immer eine Semmel übrig geblieben und die bekamen wir dann mittags. Einmal haben wir Pause an einer Alpe gemacht und der Herr Chester hatte ein Erlebnis der besonderen Art: Direkt neben unserem Tisch waren kleine Kälbchen hinter einem Zaun, die fanden uns Hunde richtig klasse. Während ich ja immer ausgedehnte Siesta unter dem Tisch gehalten habe, wusste Herr Chester gar nicht, wohin er denn gehen soll. Die Kälbchen fand er so gruselig, dass er ganz dicht an Frauchens Bein geklebt hat, der kleine Angsthase …

Ansonsten haben wir einfach nur die Ruhe genossen, Herrchen hat Gitarre gespielt, Frauchen hat gestrickt und jeden Abend haben alle zusammen gespielt und wir konnten unter dem Tisch dösen. Die Rückfahrt ging ganz unkompliziert und wir waren laut Frauchen und Herrchen die bravsten Hunde der Welt. Obwohl wir ganz schön viel Stau hatten, sind wir gut durchgekommen und haben es diesmal mit einem Stopp geschafft. Jetzt leben wir uns wieder zu Hause ein und kommen erst mal wieder in Ruhe an. Ganz liebeGrüße aus dem Rheinland

Geschrieben am 1. August 2015; 20:04;

Tagebucheintrag von Frollein Luna & Herrn Chester

Der frühe Vogel fängt den Wurm oder betrachtet den Sonnenaufgang

Liebe Luna,

weißt Du noch, wie die Tage im Allgäu begonnen haben? Ich weiß es noch ganz genau. Wir haben uns Sorgen gemacht, wo Du wohl schlafen wirst. In unserem Haus hast Du unten geschlafen, weil Du die Treppe nicht mochtest. In der letzten Zeit haben wir viele Nächte gemeinsam verbracht, aber hier war alles anders und ich wusste nicht, wie wir das regeln sollten. Dein Herrchen war da sehr viel entspannter und meinte, dass sich das schon fügen wird. So schwach, wie Du zu Hause warst, konnte ich mir gar nicht vorstellen, dass Du die Treppe bewältigen könntest. Dich alleine unten zu lassen, erschien mir herzlos. Aber jeden Abend 30kg Hund mit nach oben zu tragen, inklusive Körbchen und allem, was sonst noch so dazu gehört?

Am ersten Abend hast Du Dich, nachdem wir endlich rein gegangen sind, friedlich in die Stube gelegt und tief und fest geschlafen. Niemand hat es über das Herz gebracht, Dich zu wecken. Wir haben alle Türen offen gelassen und waren sicher, dass wir Dich schon hören, wenn etwas nicht in Ordnung sein sollte. Immerhin sprechen wir hier von einer alten Hütte, mit einem alten Holzfußboden. Hier bewegt sich niemand, ohne dass das ganze Dorf unten etwas mitbekommt. Ich bin mit einem komischen Gefühl ins Bett gegangen. Zu Hause kenne ich jedes Geräusch, da kann ich sofort hören, ob Du unruhig bist oder ob alles in Ordnung ist. Hier war ich nicht sicher, ob ich Dich wirklich höre. Es war fast so wie damals, als die Kinder noch klein waren und ich immer gefühlt mit einem Ohr an der Kinderzimmertür geschlafen habe. Ein Ohr und mein Herz waren bei Dir unten und haben auf Dich achtgegeben.

Ich bin trotzdem tief und fest eingeschlafen und habe nichts mitbekommen. Geweckt wurde ich von dem Gefühl, dass ich beobachtet werde. Kennst Du das? Das geht auch in einem stockfinsteren Zimmer. Du siehst es nicht, Du hörst auch nichts, aber Du merkst, wie Augen auf Dich gerichtet sind. Mit so einem Gefühl bin ich wach geworden. Sobald ich mich ein klitzekleines Stück bewegt habe, hatte ich auch schon Deine Nase im Gesicht. Du bist also die Treppe herauf gekommen, meine Schöne! Und ich hatte mir vor dem Einschlafen so viele Gedanken gemacht. Aber Du bist nicht nur die Treppe herauf gekommen, Du hattest blendende Laune und warst voller Tatendrang. So habe ich Dich in den letzten Tagen selten erlebt und ich war überrascht. Vollkommen ohne Zeitgefühl bin ich aufgestanden. Es ist zur Gewohnheit geworden, dass ich Euch erst einmal heraus lasse und danach erst auf die Uhr schaue. In der Hütte hängt eh keine Uhr und es ist im Grunde genommen auch egal. Als ich die Tür unten aufgemacht habe, sah ich, dass die Dämmerung noch anhielt, die Sonne war noch nicht aufgegangen. Es war definitiv nicht meine Komfort-Aufstehzeit, aber Deine. Du warst guter Dinge und bist durch den Garten getollt. Du hattest nur wenig Verständnis dafür, dass ich nicht mit Dir spielen wollte. Nicht einmal Chester hat sich nach draußen bequemt. Der lag noch in seiner Ecke und hat geträumt. Also, wir Beide! Ich habe mir einen Tee gekocht und mich zu Dir nach draußen gesetzt. Ganz nah bist Du an mich heran gekommen und wir haben den ersten Sonnenaufgang des Urlaubes gemeinsam beobachtet. Es ist immer wieder ein Geschenk, wenn man sehen kann, wie die Farben der Berge sich verändern. Aus einem unscheinbaren grau wird ein rosarot und ganz plötzlich ist alles hell. In den letzten Jahren habe ich mir mal den Wecker gestellt, um dies zu beobachten. In diesem Jahr bekam ich es einfach so und das auch noch mit Dir an meiner Seite und einer schönen Tasse Tee. An einen Hund gekuschelt die Berge betrachten. Wer hätte gedacht, dass das mal für mich Glück bedeuten könnte?

Immerhin warst Du gnädig zu mir und wir konnten uns beide noch einmal hinlegen und haben noch entspannt ein wenig geschlafen. Aber es sollte der Regelfall werden. Wir beide und der Sonnenaufgang. Manchmal kam Chester mit, an anderen Tagen waren wir noch einen Augenblick zu früh, aber die Grundstimmung blieb immer die gleiche. Eine Zeit voller Friede und Vorfreude auf den Tag! Ich danke Dir für jeden einzelnen Morgen, an dem Du mich geweckt hast. Du hast den Weg zu mir nach oben genommen und bist extra zu mir gekommen, um Deine gute Laune mit mir zu teilen. Nichts hast Du dafür erwartet. Du warst zufrieden, wenn jemand da war, der neben Dir saß. Genau wie ich in diesen Stunden. Weißt Du noch, wie wir den Vögeln zugehört haben und die Geräusche der Natur genossen haben. Ich habe mich Dir, aber auch mir selber noch nie so nah gefühlt wie in diesen Morgenstunden. Wenn ich ehrlich bin, habe ich mich noch nie jemandem so nah gefühlt. Ich habe die tiefe Verbundenheit mit Dir gefühlt und alles war so klar und so einfach. Wir haben nicht viel gebraucht zum Leben. Wir haben uns gereicht und uns aneinander erfreut.

Wasser, Wasser und noch einmal Wasser

Deine gute Laune im Urlaub war unglaublich, Du warst voller Optimismus und Lebensfreude. Wir konnten gar nicht glauben, dass Du so krank warst. Niemand hat Dir etwas angemerkt und Du selber bist wie ein junges Hündchen über die Wiesen gehüpft. Normalerweise sind wir eher genervt, wenn Ihr Hunde so aufgedreht seid, aber in diesem Urlaub haben wir es genossen. Du hattest fast jede Freiheit, die sich ein Hund wünschen kann. Niemand hat Dir das Ziehen an der Leine verboten. Ja, so etwas hast Du gemacht! Jedes Mal, wenn Du Wasser auch nur gerochen hast, hast Du Dein ganzes Gewicht und Deine ganze liebenswerte Sturheit in die Leine gelegt und unmissverständlich allen klar gemacht, wo der Weg hinführen sollte. Wir haben es genossen, dass wir Dir noch einmal sagen mussten, dass Du nicht so ziehen sollst. Ich habe diesen Satz noch nie mit so viel Freude und Liebe über die Lippen gebracht. Es ging allen so. Wir haben uns mit Dir gefreut.

Jeden Tag haben wir einen kleinen Ausflug gemacht, immer ging es an das Wasser. Die Ausflüge waren an Dich angepasst. Wir mussten nie weit laufen, damit Du Deine Kraft am Wasser lassen durftest und nicht auf dem Weg dahin. Wir waren vorsichtig mit Dir und wollten kein Risiko eingehen.

Einmal waren wir am nahen See und sind schwimmen gegangen. Ein kleiner Traum unserer Kleinen ist wahr geworden: Sie war mit Dir zusammen schwimmen. Ein paar Tage vorher hätte niemand gedacht, dass wir das noch einmal erleben können, aber Du bist sofort mit ins Wasser und zwischen Deinem Herrchen und Deinem kleinen Frauchen hin und her geschwommen. Danach war Ausruhen am Ufer angesagt, aber Du konntest gar nicht genug bekommen. Unermüdlich hast Du Stöcke aus dem Wasser geholt, hattest Spaß daran, die kleinen Fische am Uferrand zu beobachten. Natürlich hast Du auch mit Chester im Wasser getobt und jeder, der Euch zugesehen hat, musste lächeln. Es war einfach ein schönes Bild: ein schwarzer und ein blonder Hund im Sonnenschein im See. Wieder ein Bild, das sich tief in unsere Herzen eingebrannt hat und das wir jetzt in uns tragen.

In den Alpen gibt es auch jede Menge kleine Gebirgsbäche und Tobel. Wir waren an allen, die wir gut erreichen konnten und die wir gut mit dem Auto anfahren konnten. Dir war das eigentlich egal. Du wärst auch jeden Tag an das gleiche Wasser gefahren. Gebirgsbäche hast Du fast noch schöner gefunden, als den See, weil Du dort gerne gespielt hast. Du hast wie verrückt gezogen, wenn Du gehört hast, dass wir in der Nähe von Wasser waren. Wir haben Dich oft von der Leine losgemacht, damit wir nicht unfreiwillig auch mal in Gebirgsbächen baden gehen. Uns war das doch ein wenig zu kalt, aber wir tragen auch keinen Pelz im Hochsommer. Dir konnte es gar nicht schnell genug gehen. Die Wassertemperatur hat Dich auch nicht gestört. Wir haben uns bemüht, auf Deinen Kreislauf zu achten, aber Du hast da keinen Gedanken verschwendet. Jeder Weg war Dir recht. Manchmal hatten wir Angst um Deine Gelenke, aber Du warst unbeirrbar und bist über alles geklettert und von allem heruntergesprungen, was sich in Deinen Weg gestellt hat. Wir haben trotzdem aufgepasst und uns bemüht, alles in sicheren Bahnen laufen zu lassen. Du warst ungehalten, hast dich aber unseren Wünschen gefügt, solange das Ergebnis am Ende stimmte. Du hast uns vertraut und wir haben uns bemüht, Dich nicht zu enttäuschen.

An den Gebirgsbächen haben wir viel gespielt. Wir haben Stöcke auf dem Wasser schwimmen lassen und Du hast sie aufgefangen. Während Chester Steine aus dem Wasser gefischt hat, hast Du lieber mit uns zusammen gespielt. Hast Du da schon gewusst, dass Dir da nicht mehr viel Zeit bleibt? Wusstest Du, dass jeder Augenblick kostbar war? Du hast nie viel Aufhebens darum gemacht und für Dich war das Leben eine ganze Aneinanderkettung von Augenblicken. Wir haben angefangen, ein wenig Hoffnung zu schöpfen. Vielleicht gab es doch noch einen kleinen Strohhalm, nach dem wir greifen konnten. Immerhin ging es Dir plötzlich ganz ohne Medikamente wieder richtig gut. Wir konnten es uns nicht erklären. Vielleicht waren die Untersuchungsergebnisse falsch oder es hatte sich spontan etwas verändert. Wir waren hin- und hergerissen zwischen Hoffnung und Bangen. Wir haben entschieden, dass wir einfach genießen und nicht hinterfragen wollten.

Was wäre, wenn wir hier beim Tierarzt ein neues Blutbild angefordert hätten und dies so schlecht wie das Letzte oder sogar noch schlechter gewesen wäre? Hätten wir dann noch die Ausflüge an das Wasser genießen können? Wir haben es nicht gewagt. Hier waren wir im Urlaub und Tierarztbesuche sollten eine Ausnahme für Notfälle sein, aber nicht weil es Dir besser geht.

Lieber haben wir Dir weiter Stöcke ins Wasser geworfen und zugesehen, wie die Strömung sie zu Dir treiben. Wir haben Dir zugesehen, wie Du durch die Bäche gelaufen bist und Dich in ein Becken im Tobel gestürzt hast. Wir haben gefroren, als Du wieder bei uns warst und Dich geschüttelt hast. Nur um wieder zurück zu rennen und wieder rein zu gehen! Dafür hätte ich Dir gerne die Ohren lang gezogen. Du hast Dir einen Spaß daraus gemacht, uns nass zu verfolgen. Du bist hinter uns her gerannt und hast Dich erst geschüttelt, wenn Du gemerkt hast, dass so viele wie möglich von uns im Tropfeneinzugsgebiet waren. Niemand hat es Dir wirklich verübelt. Wir hätten geschworen, dass Du dabei gegrinst hast. Chester ließ sich natürlich nicht zweimal bitten und so hatten wir meistens zwei gut gelaunte Hunde, die hinter und her gerannt sind, um sich endlich zu schütteln. Ich weiß nicht, ob ich jemals wieder an einen Gebirgsbach gehen kann, ohne Tränen in den Augen zu haben, aber ich weiß, dass ich niemals wieder an einen Gebirgsbach gehen kann, ohne an Dich zu denken.

Kulinarische Genüsse

Liebe Luna, das war eigentlich noch besser als die Ausflüge am Wasser. Deine Vorliebe für Wasser war schon legendär und wurde nur noch von Deinem Appetit übertroffen. Normalerweise bin ich sehr streng, was Eure Ernährung angeht. Es gibt nichts vom Tisch und nur Sachen, die auch hundegeeignet sind. Also Dinge, die ich für hundegeeignet ansehe. Ich weiß, dass Du die Grenzen da deutlich anders gesetzt hast als ich. Jetzt sah die Situation aber anders aus. Ganz egal, wie gut es Dir ging, wussten wir, dass auch diese Zeit endlich ist. Wir haben alle Regeln deutlich gelockert, so auch die Essensregeln für Euch Hunde. Der Urlaub stand also unter einer speziellen Semmel- und Bergkäsediät, die Du sehr genossen hast.

Ihr habt beide gute Figuren und konntet etwas vertragen. Um Dein Gewicht mussten wir uns keine Gedanken machen, selbst wenn noch ein oder zwei Kilo drauf gehen sollten. Bei Chester war es auch egal, weil er sich genug bewegt hat. Also sind hier viele Schranken gefallen. Bei den Semmeln, die Chester und Dein Herrchen morgens geholt haben, war schon ein Rest eingeplant, der dann mittags an Euch ging. Ihr habt es genossen, mal gab es Semmel mit Käse, mit Schinken oder Salami. All die guten Dinge, die Ihr sonst nie bekommen habt. Ihr habt es Euch sehr gut gehen lassen und das war auch vollkommen in Ordnung so. Wenn wir einen kleinen Ausflug bei einer Alpe gemacht haben, haben wir

Euch natürlich auch nicht vergessen und jeder hat dafür gesorgt, dass noch ein kleiner Rest übrig geblieben ist. Du hast wahrscheinlich noch nie in Deinem Leben so ungesund gelebt wie in diesen beiden Wochen, aber was sollten wir falsch machen? Es gab nichts zu verlieren und das haben wir ausgekostet. Du hast eine Vorliebe für richtig kräftigen Käse entwickelt, hast Dich aber auch nicht beschwert, wenn es etwas anderes gab.

Wir haben dafür gesorgt, dass du immer etwas zu knabbern hattest. Wenn wir an der Hütte waren, war Dein Lieblingsplatz immer unter dem Busch im Schatten auf der Wiese. Du hast Dir gerne einen Kauknochen oder ein Schweineohr abgeholt und dort in aller Seelenruhe gemütlich gekaut. Sehr zufrieden und in höchster Konzentration konntest Du stundenlang dort liegen und das Leben genießen. Wie schön und wie einfach doch alles sein kann. Ihr durftet hier sogar beim Kochen betteln. Zu Hause ein absolutes Tabuthema, aber hier war es uns egal. Immer wieder seid Ihr in die Küche gekommen und habt Euch ein Stück Gurke oder Möhre abgeholt. Manchmal war auch noch ein Stück Semmel oder Käse dabei. Selbst übrig gebliebene Käsespätzle haben dankbare Abnehmer gefunden. Wir haben alles getan, was gute Hundebesitzer nicht tun und wir haben es alle genossen und gerne gemacht.

Deine geheime Leidenschaft gehörte aber Äpfeln. Die hast Du heiß und innig geliebt. In jeder Vegetationsform hast Du Äpfel gefuttert: Grün und vollkommen unreif hast Du sie Dir vom Baum gepflückt, wenn ich nicht schnell genug war, aber auch gerne als Fallobst und schon ordentlich angegammelt. War doch Ehrensache, dass wir Dir hier auch Äpfel kaufen. Auch die ließen sich herrlich an Deinem Schattenplätzchen futtern. Das war Dein Leben hier: Ausflüge am Wasser und Futtern auf der Wiese mit ausgiebigem Mittagsschlaf. Mehr hast Du nicht gebraucht, um glücklich zu sein.

Einen besonderen Leckerbissen haben wir noch für Dich aus dem Hut gezaubert. Du hast nie viel geredet und Deine Vergangenheit für dich behalten. Wir wussten bei vielem nicht, ob Du dies oder jenes schon erlebt hast. Wir mussten raten und auf Dein Verhalten achten. Aber dieses Mal waren wir ganz sicher, dass Du das noch nie gegessen hattest. Es war wieder mal ein heißer Tag und wir kamen gerade von einem Gebirgsbach wieder. Wir hatten Hunger auf Eis und das stand auf unserer Prioritätenliste ganz oben. Wir sind also alle zusammen zur Eisdiele gefahren und haben uns ein Hörnchen mit Eiskugeln ausgesucht. Dein Herrchen hat sogar zwei Hörnchen mit jeweils einer Kugel Vanilleeis gekauft. Weißt Du noch, wie Du reagiert hast? Du konntest erst gar nichts damit anfangen. Ein untrügliches Zeichen, dass Du kein Eis kanntest. Dinge, die Du einmal als essbar eingestuft hast, hast du für immer in Deinem Gedächtnis abgespeichert. Du musstest erst bei Chester schauen, wie man das machen könnte und Dich langsam heran getraut. Danach hat Dein Schwanz nicht mehr aufgehört zu wedeln und Du hast sehr sauber und sorgfältig dieses Eis gegessen. Es hat Spaß gemacht, Dir zuzusehen. Auch die anderen Gäste in der Eisdiele hatten Ihren Spaß. Es war aber auch zu schön, mit welcher Begeisterung Du alles aufgefuttert hast. Ich habe noch nie ein Lebewesen gesehen, das mit solcher Freude ein Eis gegessen hat.

Aufbruchstimmung

Die zwei Wochen vergingen wie im Flug und wir waren alle traurig, als es Zeit war, Abschied zu nehmen. Vieles endete hier im Urlaub. Uns allen war bewusst, dass dies der letzte Urlaub mit Dir war. Auch wenn es Dir unglaublich gut ging in den zwei Wochen war uns allen bewusst, dass das kein Dauerzustand bleiben würde. In den letzten Tagen hat es sich wieder ganz langsam eingeschlichen, diese Trägheit und die große Müdigkeit bei Dir. Es war schwer, dies zu erkennen. Du hast Dir nicht viel anmerken lassen, aber ich habe Dich genau beobachtet und da waren sie, diese kleinen unverkennbaren Zeichen, dass der Energieschub vorbei war. Du hast wieder angefangen zu hinken. Ganz leise konnte man es hören, diese Unregelmäßigkeit in Deinem Gang. Ich habe zu viele Morgenstunden mit Dir alleine auf dem Holzfußboden verbracht. Zuerst dachte ich noch, dass meine Wahrnehmung Streiche spielt, aber dann war es unverkennbar, dass es Dir wieder schlechter ging, noch nicht wirklich schlecht, aber nicht mehr so gut wie bei unserer Ankunft. Wir sind näher zusammengerückt in diese Tagen, wenn das überhaupt noch möglich war.

Es war aber auch der letzte Familienurlaub in der Alpe. Nach zehn Jahren in der gleichen Gegend und nach 6 Urlauben in der Hütte wollten wir alle auch mal etwas anderes sehen und so war dieser Urlaub geprägt von Abschieden. Ein letztes Mal sind wir an den Wasserfall unterhalb der Hütte mit Dir gefahren.

Ein letzter Abend mit Dir auf dem Schoß und dem Sternenhimmel über uns. Wie lange noch, habe ich mich oft gefragt. Ich hätte Ewigkeiten mit Dir dort auf der Wiese sitzen können, wir wären einfach nie wieder aufgestanden. Trotzdem habe ich mich auf die Heimfahrt gefreut. Ich wollte wieder in meinem Bett schlafen und ich wollte wieder meine Freunde sehen. Ich wollte mit Dir unsere alten Runden laufen. Ich bin mutiger geworden und habe um ein paar weitere Abschiede gebeten. Zu der Zeit hatten wir noch Hoffnung, dass wir es bis in den Herbst hinein schaffen. Vielleicht würde es Dir besser gehen, wenn es endlich etwas kühler werden würde? Es war immer noch erbarmungslos heiß und die Hitze hat Dir schwer zu schaffen gemacht. Liebe Luna, ich habe es in Deinen Augen gesehen, damals am Tag vor unserer Abreise. Es war ganz deutlich, dass Deine Zeit zu Ende geht. Ich habe Dir dort versprochen, dass ich auf Dich aufpasse und dass ich Dich loslassen werde, wenn Deine Zeit gekommen ist. Ich wollte Dich gehen lassen, so wie ich diesen Urlaub gehen lassen musste. Ich durfte die ganzen schönen Bilder in meinem Herzen abspeichern, aber keinen Moment konnte ich festhalten. Das Leben geht weiter. Ich habe gehofft, dass ich es schaffen kann. Dich gehen zu lassen, würde meine größte Herausforderung werden. Ich wollte Dich behalten, eigentlich um jeden Preis, aber ein Blick in Deine Augen hat mich davor bewahrt, Sachen unnötig in die Länge zu ziehen und Dich mit allen möglichen Sachen zu quälen.

Wir haben die Zeit im Urlaub genutzt, um Dein Ende zu planen. Das hat die Zeit mit Dir noch kostbarer gemacht. Wir haben überlegt, wie wir es machen sollen. Für alle Beteiligten war klar, dass wir Dich in Frieden einschlafen lassen wollen, wenn die Zeit gekommen ist. Wir wollten Dich im Kreise der Familie gehen lassen und alle bei Dir bleiben, bis es vorbei ist. Wir haben Pläne gemacht, wo wir Dich beerdigen. Leider bist Du zu groß, als dass wir Dich einfach im Garten behalten können. Es tut mir leid, liebe Luna, ich hätte Dich gerne so, wie Du warst, bei mir im Garten selber beerdigt, aber das ging leider nicht. Es waren traurige Gespräche, die niemand führen wollte, aber unser Schicksal hat uns zusammen geführt und wir mussten uns der Situation stellen. Jeder Einzelne hat seinen Teil dazu beigetragen und wir haben uns eine schöne Lösung einfallen lassen, die Dir gerecht wird und die uns alle zufrieden stellen sollte.

Mit diesem Gefühl konnten wir nach Hause fahren, mein Schöne. Wir haben diese zwei Wochen Urlaub gebraucht, um Dich noch einmal als fröhlichen und ausgelassenen Hund zu genießen und um den Tatsachen ins Auge zu sehen. Danke, dass Du so lange durchgehalten hast und uns diese Zeit gegeben hast. Ich weiß nicht, woher Du die Kraft genommen hast, aber sie war auf einmal da und ich bin unendlich dankbar dafür. Ich habe geweint, als wir zurück gefahren sind. Mir war bewusst, dass diese Zeit unwiderruflich vorbei ist. Ich kann genauso lautlos weinen, wie Du lautlos sterben kannst. Dir hätte nur ein Blick in meine Augen gereicht. Du konntest mich lesen wie ein Buch. Die anderen haben nichts gemerkt. Wir fuhren nach Hause und in das Unvermeidliche hinein.

Es geht bergab

Zu Hause wurde es merklich anstrengender für Dich. Erst in ganz kleinen Schritten, dann in immer größeren und für jeden offensichtlich. Dein Abschied in Raten ging in die nächste Runde. Spaziergänge waren nur noch in kurzen Etappen möglich, trotzdem hast Du Dich jedes Mal gefreut, wenn wir die Leine in die Hand genommen haben und bist gerne mit zur Tür gegangen. Morgens bin ich mit dem Auto zum Rhein gefahren. Das war dann unsere große Runde, die wir sehr langsam und mit kleinen Pausen bewältigt haben. Unsere anderen Hundebekannten haben es gesehen, wie es langsam mit Dir abwärts ging und alle waren besorgt. Du bist mit Leckerchen und Streicheleinheiten überschüttet worden.

Tagsüber haben wir noch winzig kleine Runden gedreht und die Tage in gut und schlecht eingeteilt, je nachdem wie weit wir gekommen sind. Manchmal bin ich nervös geworden, weil ich Angst hatte, dass Du den Rückweg nicht schaffen könntest, aber Du hast immer genau signalisiert, wann die Zeit für eine Umkehr reif war. Wir haben Dich gelassen. Manchmal haben wir uns auch einfach nur an den Wegesrand gesetzt und ein paar Minuten ausgeruht. Das hat Dir gefallen. Du hast Chester beobachtet, der wild über das Feld getobt ist und bist neben mir liegen geblieben. Zu dem Zeitpunkt haben wir wieder nur von Wochenende zu Wochenende geplant, wir haben alles überschaubar gehalten.

Unser Leben ist noch einmal ruhiger geworden, aber anders als vor unserem Urlaub. Wir haben alle eine innere Ruhe gefunden. Jede Träne war schon hundertmal geweint und alles war schon hundertmal durchgesprochen. Es gab nichts zu tun, als zu warten und auf Dich aufzupassen. Ich habe genau auf Dich geachtet und die kleinen Zeichen haben sich langsam vermehrt. Die Atemgeräusche, die ich vorher nur über das Stethoskop hören konnte, waren jetzt immer öfter auch mit bloßem Ohr zu hören. Im Gegensatz zu unserem Haus bist Du immer lauter geworden. Deine Pfoten haben manchmal über den Boden gekratzt, wenn Du ein Bein hinter Dir her gezogen hast und Deine Atemzüge konnte man mitunter auch gut hören. Wir haben lange überlegt, wann der richtige Zeitpunkt gekommen ist. Wir haben entschieden, dass Du eingeschläfert wirst, wenn Du Deine Freude am Leben verloren hast. Im Moment bist Du noch gerne raus gegangen, hast unsere Freunde freudig begrüßt und Dich auf Deinen Fressnapf gestürzt. Es war noch nicht so weit. Ich war zuversichtlich, dass ich den richtigen Zeitpunkt mitbekomme und gleichzeitig hatte ich Angst, ihn zu verpassen. Ich habe Deiner alten Familie versprochen, gut auf Dich aufzupassen. Ich wollte Ihnen zu der traurigen Geschichte nicht auch noch erklären müssen, dass ich ihren geliebten Hund habe leiden lassen. Ich habe Dir vertraut, dass Du mir zeigst, wenn es Zeit ist.

Die letzten Tage mit Dir waren eine Zeit der kleinen Abschiede. Jeder Besucher war sich im Klaren, dass er Dich vielleicht nicht noch einmal sieht. Alle haben

Dich gemocht und sich gefreut, wenn Du an die Tür gekommen bist. Unsere Nachbarn haben jeden Tag am Zaun geschaut, ob Du noch Deine Schnauze durch den Zaun steckst. Du hast sie nicht enttäuscht, so wie Du nie jemanden enttäuscht hast, meine Schöne! Liebe Luna, ich habe Dich nicht mehr alleine gelassen. Ich habe immer dafür gesorgt, dass jemand zu Hause ist, wenn ich weg musste. Du solltest immer jemanden um Dich herum haben, der neben Dir liest oder am Schreibtisch sitzt. Du hast nicht mehr viel gebraucht in diesen Tagen. Du warst zufrieden, wenn jemand neben Dir war und das waren wir gerne.

Ein abgebrochener Spaziergang

Erinnerst Du Dich noch an den Donnerstagabend? Ich weiß nicht, wie Du das empfunden hast, aber dieser Abend hat sich bei mir eingebrannt wie kaum etwas zuvor. Es war mal wieder warm und wir mussten noch eine kleine Runde raus gehen. Es ließ sich nicht vermeiden und ich habe es bis zum Schluss hinaus gezögert, damit es wenigstens etwas kühler sein würde. An dem Tag ging es dir sehr schlecht. Ich hatte schon mittags mit Deinem Herrchen telefoniert und er hat mir versprochen, dass wir abends sprechen. Gut, jetzt war Abend, aber es war so viel zu tun, dass wir noch gar keine Zeit finden konnten, um über Dich zu reden. Zuerst musstet Ihr noch einmal raus. Es war klar, dass wir an diesem Abend nur bis zur ersten Ecke am Feld laufen werden, unser kleines Minimalziel, aber an mehr war nicht mehr zu denken.

Ich gehöre zu den Menschen, die ihr Handy immer dabei haben, wirklich immer, nur an dem Abend nicht. Warum auch immer, ich kann es mir nicht erklären. Ich bin einfach mit Euch an der Leine auf das Feld und hatte nichts dabei. An dem einen Abend, an dem ich es gebraucht hätte. Ich hatte ein komisches Gefühl, als wir das Haus verlassen hatten, aber es war nicht greifbar und so habe ich es beiseite geschoben. Wie immer bist Du fröhlich neben mir her gelaufen, in Deinem langsamen Tempo, aber schwanzwedelnd und fröhlich zu mir hoch schauend. Auf dem halben Hinweg sind Dir das erste Mal die Hinterpfoten eingeknickt. Ich dachte an ein Versehen, aber dann war es offensichtlich: Dir ging die Kraft aus. Ich hatte schon den ganzen Tag beobachtet, dass Deine Schleimhäute immer schlechter durchblutet waren. Ich hätte damit rechnen können, aber ich wollte es einfach nicht wahrhaben. Warum hatte ich mein Handy nicht eingesteckt? Wir waren zwar nur 300 Meter von der Haustür entfernt, aber es war mir klar, dass Du die 300 Meter zurück nicht schaffen würdest. Zur Not hätte ich Dich getragen, aber Du warst auch kein kleines Hündchen, das man mal eben unter den Arm packt. Ich hätte natürlich Chester schnell nach Hause bringen können und mit Deinem Herrchen wieder kommen können. Aber nichts und niemand auf dieser Welt hätten mich jetzt von Dir getrennt. Ich bin bei Dir geblieben und nach wenigen Minuten bist Du wieder aufgestanden, ganz wackelig und mühsam hast Du Dich auf Deine Pfoten gestellt. Zwei Schritte hast Du geschafft, dann sind Dir wieder die Beine weggeknickt, das konnte ich nicht mit ansehen. Ich habe mich zu Dir gesetzt, damit Du nicht wieder versuchst aufzustehen. Ich musste mir etwas einfallen lassen. Irgendwann würde Dein Herrchen uns vermissen, obwohl wir oft noch unterwegs andere Hundebesitzer treffen und uns verquatschen. Das würde also noch eine Weile dauern. Wir haben gewartet, schließlich musste irgendwann einmal jemand hier vorbei kommen. So saßen wir da auf dem Boden mitten auf dem Weg, während Chester über die Wiese gerannt ist. Ich habe ein paar Tränen verdrückt. Ich wollte nicht vor Dir weinen, aber ich habe es in Deinen Augen gesehen und Du hast es in meinen gesehen. Da ist die Entscheidung gefallen, an einem wunderschönen Sommerabend auf dem Feldweg mit Dir in meinen Armen. Es war so eine fröhliche Stimmung um uns herum, die ich nicht verstanden habe. Es hätte ein Unwetter geben müssen, alle Vögel hätten plötzlich still sein müssen, aber nichts dergleichen war passiert.

Ich weiß nicht, wie lange wir dort auf dem Boden gesessen haben, aber endlich kam ein Radfahrer vorbei, der direkt so freundlich war und mir sein Handy geliehen hat. Ich weiß nicht, wer von uns beiden dankbarer war, endlich konnten wir nach Hause. Dein Herrchen hat sich in das Auto gesetzt und hat uns abgeholt, mit dem Auto auf dem Feldweg. Normalerweise schimpfen wir immer, wenn Autos hier entlang fahren, aber das war eine Ausnahmesituation. Für Chester auch, den mussten wir erst einmal einfangen, weil er vollkommen überrascht war. Dich hat Dein Herrchen liebevoll in den Kofferraum gehoben und hingelegt. Du musstest Dich nicht mehr anstrengen. Endlich hatten wir alle im Auto, auch den aufgeregten Chester und haben uns auf den Heimweg gemacht.

Zu Hause haben wir lange geredet und dann ist die Entscheidung halb gefallen: wir werden die Tierärztin morgen früh anrufen und die Nacht einfach abwarten. Wir haben noch auf ein Wunder gewartet. Bitte noch das eine Wochenende haben wir gesagt, bitte nur noch eine Woche. Liebe Luna, unsere Gebete wurden nicht erhört. Wir hatten unsere Bonuszeit schon im Urlaub verbraucht. Jetzt war der Zeitpunkt gekommen, um Dich zu verabschieden. Wir waren unendlich traurig, aber auch sehr gefasst. Es war alles so eindeutig und klar. Da waren keine Fragezeichen mehr und auch kein hätte, wäre und wenn. Es war eine klare Entscheidung und gerade das hat sie so unglaublich grausam gemacht. Ich habe mir gewünscht, dass es noch einen kleinen Strohhalm geben würde, an den ich mich klammern könnte, aber ich habe ihn nicht gefunden. Der letzte Sonnenuntergang mit Dir war unendlich schön und grausam. Wir haben ihn zu dritt auf der Terrasse erlebt und niemand konnte etwas sagen. Es gab auch nichts mehr zu sagen. Wir haben gewartet, während Du vor unseren Füßen vor Dich hin geschnarcht hast.

Nachtwache bei Dir

Der Abend zog sich in die Länge, niemand von uns wollte ins Bett gehen, aber es ließ sich nicht verhindern. Immerhin musste Dein Herrchen am nächsten Tag arbeiten und er sollte einigermaßen ausgeschlafen sein. Ich habe spontan beschlossen, dass ich zum ersten Mal in meinem Leben meine Arbeitstermine verschieben würde. Ich konnte am nächsten Tag nicht arbeiten und ich wollte in dieser Nacht auch nicht schlafen gehen. Ich wollte bei Dir bleiben.

Unter fadenscheinigen Gründen bin ich auf der Terrasse geblieben. Natürlich war Deinem Herrchen klar, dass ich bei Dir bleiben würde, aber ich war noch nicht bereit zu sagen, dass ich die letzte Nacht mit Dir verbringen wollte. Du hast ruhig unter meinen Beinen geschlafen und warst sehr friedlich. Ich habe es nicht gewagt, Dich zu wecken. Wenn ich rein gegangen wäre, wärst Du aufgewacht und Du solltest Deine Ruhe haben. So unbequem war es auf dem Stuhl auch nicht und ich blieb sitzen. Alle anderen waren schon im Bett und nach und nach konnten wir die Rollladen um uns herum hören. Alle sind ins Bett gegangen, nur wir Beide nicht. Ich bin dann doch vorsichtig aufgestanden und habe eine Kerze angezündet, mein Strickzeug geholt und mich wieder vorsichtig zu Dir gesetzt. Du hast Dich nicht bewegt und ich konnte Deinen Atem hören. Es war inzwischen so leise um uns herum, dass dieses Geräusch herausstach. Ich habe Dir zugehört und dabei ein Paar Socken gestrickt. Dieses Paar liegt inzwischen fertig hier in meinem Schrank, aber ich kann es nicht anziehen. Wegschmeißen kann ich es leider auch nicht. Es liegt hier und erinnert mich immer an diese endlose Nacht mit Dir. Es wurde ganz leise und langsam auch dunkel. Dafür wurden Deine Atemzüge immer lauter, das Atmen hat Dich angestrengt. Ich konnte Dir leider nicht helfen. Manchmal bist Du unruhig geworden und ich habe ganz vorsichtig meine Hand auf Deinen Kopf gelegt und vorsichtig Deine Ohren gekrault. Du hast dann kurz geschmatzt und weiter geschlafen. Ich habe aufgepasst, dass dich nichts in Deiner Ruhe stört und Du immer wieder ruhig einschlafen konntest.

Jeder einzelne Deiner Atemzüge hat mir weh getan. Ich habe jeden einzelnen kommen und gehen gehört und habe mit Dir gelitten. Trotzdem hatte ich bei jedem Angst, dass diesem kein nächster mehr folgen könnte. Ich habe viel geweint in dieser Nacht, es tat mir so leid und ich war so hilflos. Du hast trotzdem so eine Ruhe ausgestrahlt, die mich erstaunt hat. Ich sollte in dieser Nacht eigentlich die Starke von uns Beiden sein, aber ich habe leise vor mich hin geweint, während Du die Kraft und Ruhe ausgestrahlt hast, die ich gebraucht habe, um diese Nacht zu überstehen.

Die Sterne gingen langsam auf und ich habe mir jeden einzelnen angesehen. Ich hatte nichts zu tun. Es war zu dunkel zum Lesen oder Stricken. Ich habe es nicht mehr gewagt aufzustehen. Zwischendurch bist Du doch sehr unruhig geworden und hast meine

Hand gebraucht. Du hast meine Nähe gespürt und meine Aufgabe war es, hier bei dir zu bleiben. Ich hatte viel Zeit in dieser Nacht. Ich habe viel über Dich und mich nachgedacht, über den Sinn des Lebens und des Sterbens. Aber auch, wie ich den nächsten Tag überstehen sollte. Ich war mir auf einmal gar nicht mehr sicher, ob ich das alles kann, aber ein Blick zu Dir hat mir gesagt, dass ich das schon kann und schaffe. Du würdest bis zum letzten bei mir sein und ich bei Dir. Kennst Du das? Dass die Nacht vor dem Morgengrauen am dunkelsten ist. Ich kann das nur bestätigen. Von allen Nächten, die ich in meinem Leben erlebt habe, war das die schwärzeste und längste. Ich hatte schon den Glauben daran verloren, dass es jemals wieder hell werden würde und trotzdem hatte ich Angst davor. Ich wollte nicht, dass diese unendlich traurige, aber doch so friedliche Nacht endet. Es fühlte sich alles so richtig an und ich hatte das Gefühl, dass jeder von uns Beiden seine eigene wichtige Aufgabe zu erledigen hat. Ich war mir so sicher, dass Du genau wusstest, was Dich erwartet. Du warst bereit. Deine Kraft war verschwunden. Jetzt warst Du darauf angewiesen, dass ich für Dich da war und das habe ich gerne gemacht. Ich habe geweint, aber mich der Aufgabe gestellt. Es war das erste Mal, dass ich den Tod so nah gespürt habe und trotzdem fühlte sich alles richtig und gut an. Nichts und niemand hätten mich in dieser Nacht von Dir weggebracht.

Dann kam das, womit ich niemals mehr gerechnet habe: Es wurde Tag, ganz langsam konnte man wieder grau und die Umrisse der Umgebung erkennen. Die Nacht war überstanden. Ich war froh, aber gleichzeitig unendlich traurig. Müde war ich nicht. Die Nacht hat mich zwar Kraft gekostet, aber gleichzeitig habe ich mich voller Energie gefühlt. Eine Energie, die ich nie in mir gespürt habe, hat mich erfüllt. An Schlafen war nicht zu denken. Der erste Vogel hat seinen einsamen Gruß in den Tag gerufen und ich habe ihm zugehört. Deine letzte Nacht lag hinter uns und Dein letzter Tag war angebrochen. Ich habe mich zu Dir auf den Boden gesetzt und Du hast Deine Augen geöffnet. Liebevoll hast Du meine Hand abgeleckt und mich begrüßt. Du bist aufgestanden und hast Dich neben mich gesetzt. Gemeinsam haben wir beobachtet, wie der Morgen kam. Langsam kehrte das Leben wieder zurück in die Welt und Du warst müde, aber an meiner Seite. Wir haben schweigend nebeneinander gesessen und trotzdem haben wir uns verstanden. Du hast mir gezeigt, dass es jetzt Zeit ist und ich wollte Dir diesen Wunsch erfüllen, aber vorher wollte ich noch in Ruhe von Dir Abschied nehmen.

Ein letztes Mal am Rhein

An dem Morgen haben wir alle aus dem Haus gebracht. Die Kinder mussten in die Schule und Dein Herrchen musste arbeiten. Wir waren alleine und ich hatte unendlich viel Zeit. Ich wollte noch einmal mit Dir einen schönen Spaziergang erleben. An Spazieren war nicht mehr zu denken, dafür warst Du zu schwach, aber wir konnten trotzdem noch einmal an den Rhein fahren. Ich habe Dich in das Auto gebracht und wir sind so weit an das Wasser gefahren, wie ich das mit der deutschen Gesetzgebung vereinbaren konnte. Wir waren fast da, nur wenige Schritte mussten wir noch gehen und wir hatten Zeit. Chester hat auf der Wiese gespielt und rumgetollt. Wir sind auf dem Damm sitzen geblieben und haben ihm zugesehen. Ich habe Dir aus dem Maisfeld noch einen Kolben geholt, den Du in aller Ruhe angeknabbert hast. Ganz zufrieden hast Du neben mir gesessen und auf dem Mais gekaut. Den ganzen Kolben hast Du nicht mehr geschafft, aber Du warst mit Freude dabei und das hat mir gereicht.

Alle, die wir sonst morgens bei unserer Runde getroffen haben, haben wir an diesem Morgen auf der Wiese getroffen. Wir sind zu niemandem gegangen, alle sind zu uns und an uns vorbei gekommen. Manche haben sich zu uns gesetzt und wir haben ein paar Worte gewechselt. Du hast jeden Einzelnen begrüßt und Dich auf Deine Art verabschiedet. Es war unendlich traurig, aber auch sehr schön. Jeder, der Dich an diesem Morgen getroffen hat, war tief berührt. Der Morgen war wunderschön, es war ein schöner Sommermorgen mit Vogelgesang und einem lauen Lüftchen. Wie zum Hohn hat sich die Erde weiter gedreht. Unsere Zeit ist stehen geblieben. Wir waren lange auf der Wiese. Was sollten wir schon verpassen? Du hast Deinen Kopf auf meinen Schoss gelegt und noch ein wenig gedöst. Ich habe Deine Ohren gekrault, so wie Du es am liebsten hattest. Ich habe Chester beobachtet, der wild über die Wiese gehüpft ist, manchmal ist er zu uns gekommen und hat sich auch seine Streicheleinheiten abgeholt, aber meistens ist er wieder losgezogen. Er hat mit seinen Spielkameraden getobt, während wir hier gesessen haben. Einen schöneren und friedlicheren Ausflug an den Rhein habe ich noch nie erlebt und wahrscheinlich werde ich auch keinen mehr erleben. Es war eine ganz besondere Atmosphäre.

Irgendwann war es aber doch Zeit zu gehen. Wir mussten immerhin noch ein unangenehmes, aber unaufschiebbares Telefonat führen. Es war noch ein anderer Hundebesitzer da, der uns gut kannte. Er hat angeboten, uns zum Auto zu begleiten, damit er Dich im Zweifel tragen kann, falls Du den Rückweg nicht mehr schaffen würdest. Ich war nach der Erfahrung vom Vortag dankbar und wir sind gemeinsam und ganz langsam zurück gelaufen. Dein angeknabberter Maiskolben ist liegen geblieben. Dein kleines Zeichen, dass Du da gewesen bist. Meine stolze Kämpferin, Du bist sehr wackelig unterwegs gewesen, aber Du hast den ganzen Weg zum Auto geschafft. Deinen Stolz hast Du Dir bewahrt. Niemand musste Dich tragen. Den Weg bist Du in Deinem eigenen sehr langsamen Tempo gegangen, Chester an Deiner Seite. Chester wusste ganz genau, was los war und ist nicht mehr von Deiner Seite gewichen. So sind wir dann wieder nach Hause gefahren. Dein letzter Spaziergang in Deinem Leben. Er war sehr schön und Du hast alle noch einmal getroffen, die Dir an Hundefreunden wichtig waren.

Abschied

Es war vereinbart, dass wir alle gemeinsam dabei sind, wenn Du eingeschläfert werden würdest. So habe ich den Termin auf den Abend gelegt. Um 19:00 Uhr sollte es so weit sein. Hier bei uns zu Hause sollte Deine letzte Reise beginnen, im Kreise Deiner Lieben. Es tat weh, diesen Termin zu vereinbaren, aber es war an der Zeit. Jetzt musste ich nur noch mit Dir warten. Ich habe Freunde von uns angerufen und Bescheid gesagt. Alle wollten an dem Abend um 19:00 Uhr für Dich beten und an Dich denken. Deine Reise wurde mit vielen guten Gedanken begleitet. Wir haben Dir alle das Beste gewünscht. Ich habe bei unserem Tierschutzverein angerufen und auch dort den Stand der Dinge weiter gegeben. Alle waren bestürzt und unendlich traurig, aber auch gefasst. Es war in Ordnung. Du hast Dich wacker geschlagen, aber jetzt ist Dir die Puste ausgegangen, im wahrsten Sinne des Wortes. Deine Atmung war immer angestrengter.

Du bist noch ein letztes Mal zu unseren Nachbarn an den Zaun gelaufen und hast Dir dort Leckerchen abgeholt, die letzten. Allen hast du noch einmal die Hände abgeleckt und Dich verabschiedet. Ein letztes Mal gute Laune am Gartenzaun mit Deinem fröhlichen Bellen, den Rückweg hast Du leider nicht mehr gut geschafft und ich musste Dir helfen, aber es war Dir wohl wichtig, dass Du noch einmal dort warst. Du hast den ganzen Tag von mir noch Äpfel und ein dickes Schweineohr bekommen. Sogar Chester hat Dir sein Schweineohr überlassen.

Das Schicksal hat es gut mit uns gemeint, denn es ist einiges schief gelaufen. Eigentlich hätte ich Dich alleine lassen müssen, um die Mädchen abzuholen. Das wollte ich auf jeden Fall vermeiden. Dein Herrchen kam früher von der Arbeit nach Hause und war so schon da, eine Sorge weniger. Dann kam aber auch schon die Große von der Schule, weil die letzten Stunden ausgefallen sind. Wir haben es ihr so schonend wie möglich gesagt, aber Du weißt selber, was passiert ist. Meine große und tapfere Tochter ist unter Tränen zusammengebrochen. Sie wollte nicht dabei bleiben, sie wollte Dich nicht tot sehen. Ich konnte das gut verstehen und so hat Dein Herrchen sie zu ihren Freundinnen gefahren, dort war sie gut aufgehoben und getröstet. Sie würde dort auch übernachten und wir waren beruhigt. Zeitgleich rief die Kleine an, die sich durch einen ziemlich unglücklichen Zufall sehr verspätet hat, so konnte Dein Herrchen sie auf einem Weg direkt abholen und mit nach Hause nehmen. So konnten wir ihr alles in Ruhe und alleine erzählen. Sie hat ähnlich reagiert wie die Große und ist auch zu Ihrer besten Freundin gefahren worden. Es hat mir gut getan, dass die Beiden Freunde haben, die in so einer Situation auffangen. Du hast Dich in aller Ruhe von Beiden verabschiedet. Beide hast Du getröstet und bist noch zu Ihnen, als sie so bitterlich geweint haben. Es lief alles falsch an dem Nachmittag. Wir sollten Dich doch trösten und nicht umgekehrt.

Jetzt waren wir alleine und mussten nicht mehr lange warten. Dein Herrchen hatte noch die beste Idee: zum Abendessen gab es für Euch Hunde ein riesiges Glas Würstchen. Ihr habt beide Eure Näpfe angesehen, als könntet Ihr das nicht glauben. So ein Abendessen hast Du mit Sicherheit noch nie bekommen, aber keiner von Euch hat sich beschwert. Ihr habt einen sehr zufriedenen Eindruck gemacht.

Wir haben spontan beschlossen, dass Dein Herrchen und Chester zusammen spazieren gehen, wenn die Tierärztin kommt. Chester ist immer sehr aufgeregt, wenn es an der Tür klingelt. Diese Unruhe wollten wir Dir ersparen. Also hieß es für Dein Herrchen auch Abschied nehmen. Du hast ihn genauso liebevoll verabschiedet, wie jeden an diesem Tag. Eine Stunde früher als besprochen kam unsere Tierärztin, sie hat extra vorher angerufen, damit Dein Herrchen und Chester spazieren gehen konnten. Es war gut so, denn Dir ging es immer schlechter und diese eine Stunde konnten wir Dir so ersparen.

Da schließt sich der Kreis. Mir hat die erste Viertelstunde in unserem gemeinsamen Leben gehört und die letzte war auch für mich reserviert, obwohl wir das ganz anders eingeplant hatten. Ich habe sie genossen, diese Minuten mit Dir. Ich habe neben Dir auf dem Boden gelegen und Dich mit Äpfeln gefüttert. Ich habe Dir ein letztes Mal ins Gesicht gepustet und Du hast versucht die Luft zu fangen, unser kleines Spiel. Wir haben uns lange in die Augen gesehen und dann war es vorbei. Es klingelte an der Tür und es war unsere Tierärztin, auch mit leicht geröteten Augen, aber sehr professionell. Du hast sie auch noch freudig begrüßt. Sie hat Dich noch kurz untersucht, aber Deine Schleimhäute waren fast grau und Du hast kaum noch ein paar Schritte geschafft. Es war eine ganz eindeutige Entscheidung und so durftest Du erst einmal noch Betäubungsmittel futtern. Du solltest nicht einmal mehr die Spritze spüren. Wir haben Dir das in Fleischwurst gegeben, es hat wohl seltsam geschmeckt, weil Du uns fragend angesehen hast, aber als waschechter Retriever lag es unter Deiner Würde, etwas Essbares zu verschmähen. Alles hast Du aufgefuttert und sogar noch den Boden abgeleckt. Danach bist Du schnell sehr müde geworden und musstest Dich hinlegen. Wir haben Dir geholfen, damit Du Dir nicht noch weh tun konntest. Deinen Kopf habe ich auf meinem Schoss gehabt und Du hast schon tief und fest geschlafen, als Du die Spritze bekommen hast. Dein Körper hatte dem nicht mehr viel entgegen zu setzen. So ging es schnell. Ein letzter Atemzug, der vollkommen entspannt klang, der erste nach Stunden, in denen Dich jeder einzelne angestrengt hat. Auf einmal war es ganz leise in unserem Haus, Dein Kopf sehr schwer auf meinen Beinen und Du warst nicht mehr da. Ich konnte Dich noch spüren, aber Dein Körper war leer. Er lag als Hülle auf unserem Boden mit dem Kopf auf mir. Ich habe noch Deine Ohren gekrault, Dir einen Kuss gegeben, aber Du warst frei. Es hat sich alles ganz leicht angefühlt und so unendlich traurig. Ganz in Frieden und in Ruhe bist Du von uns gegangen. Luna, heute waren es erst 160 Tage mit Dir an unserer Seite, wir hatten so viele mehr gewollt.

Guten Abend, alle zusammen,

dieser Eintrag ist der Schwerste, den ich bis jetzt gemacht habe, aber auch der gehört zu unserem Leben ... leider!

Gestern Abend war ich mit den Hunden spazieren und leider musste uns der Chef mit dem Auto wieder abholen, weil Luna den Rückweg nicht mehr geschafft hat. Das Laufen ist ihr im Laufe des Tages immer schwerer gefallen und sie hat den ganzen Tag immer schwerer Luft bekommen. Da ist die Entscheidung eigentlich schon gefallen, aber wir wollten die Nacht noch abwarten.

Die Nacht haben wir zwei Mädels draußen verbracht, weil Luna auf der Terrasse eingeschlafen ist und ich es nicht über das Herz gebracht habe, sie zu wecken. Heute Morgen war sie immer noch sehr schlapp und wir wussten, dass heute unser letzter Tag anbricht. Ganz egal, wie gut wir darauf vorbereitet waren, es war viel zu früh und kam vollkommen überraschend. Das Gleiche würde ich allerdings auch in einem Jahr sagen ...

Heute Morgen haben wir noch einmal einen kleinen Ausflug gemacht und ich bin mit dem Auto so nah an den Rhein gefahren, wie ich es nur konnte. Wir haben uns unendlich viel Zeit gelassen und haben viele Pausen gemacht, aber auch wir haben die hundert Meter irgendwann geschafft und waren am Wasser. Die Hunde haben es sehr genossen, dass wir mal so richtig Zeit zum Schnüffeln und Schnuppern hatten und hatten noch mal richtig Spaß. Da heute eh alles egal war, gab es für Luna noch einen Maiskolben, den ich persönlich aus dem Feld geklaut habe und sie durfte sich auch noch einmal in was auch immer wälzen.

Zu Hause haben wir einen sehr ruhigen und innigen Vormittag verbracht und haben uns ganz in Ruhe voneinander verabschiedet. Luna hat es mir sehr leicht gemacht, weil sie nur noch sehr wenig Kraft hatte und die Entscheidung eigentlich so leicht war. Es sind hier im Laufe des Tages viele Tränen geflossen und Luna ist immer wieder zu uns gekommen, um unsere Nähe zu suchen. Sie war großartig heute, also eigentlich wie immer. Wir hatten fast den Eindruck, dass sie sich noch einmal von jedem einzeln und ganz bewusst verabschiedet.

Zum Abendessen gab es hier noch zur großen Freude der lustigen Bande ein riesiges Glas Würstchen und für Luna noch einen großen Apfel. Wir hatten die glücklichsten Hunde auf der ganzen Welt und beide konnten ihr Glück nicht fassen. Als es dann Zeit wurde, ist unser Herrchen mit Chester raus gegangen und ich hatte noch eine Viertelstunde mit Luna alleine.

Im Laufe des Tages ist sie noch einmal deutlich schwächer geworden und wir haben die Zeit zusammen auf dem Boden verbracht und sie hat sich einfach nur an mich gekuschelt. Als es geklingelt hat, hat sie die Tierärztin begrüßt, aber dann war sie ganz schnell wieder neben mir. Der Befund war genau wie wir uns schon dachten. Die Schleimhäute waren miserabel durchblutet und die Atmung war sehr schlecht, also war unser Bauchgefühl das Richtige. Sie ist dann auch ganz schnell mit dem Kopf auf meinem Schoß eingeschlafen. Alles war sehr ruhig und friedlich. Sie ist gut auf die Reise gegangen. Chester und unser Herrchen haben sich auch noch einmal in Ruhe von ihr verabschiedet und dann konnten wir sie gehen lassen.

Jetzt ist es sehr still bei uns und wir sind unendlich traurig, aber auch froh, dass wir die richtige Entscheidung getroffen haben. Luna hat uns in den letzten Stunden deutlich gezeigt, dass sie kaum noch Kraft hat und dass die Zeit gekommen ist. 160 Tage und 23 Stunden durften wir ihren Weg begleiten und keine einzige Stunde davon möchte ich rückgängig machen.

Es waren wunderschöne 160 Tage mit viel Freude, vielen Sorgen und Tränen, aber Luna hat jede einzelne davon getrocknet und wir waren ihr diesen Schritt heute schuldig. Leider war uns nicht mehr Zeit gegönnt, aber wir haben sie genutzt und sind froh und stolz, dass wir so eine großartige Hündin begleiten durften. Für 160 Tage war sie Teil unseres Leben und hat die Sonne in unsere Herzen gebracht.

Wir haben nichts bereut, hätten uns nur viel mehr Zeit mit ihr gewünscht. Dafür hatten wir noch einmal einen wunderschönen Urlaub, das war ihr Ab-

schiedsgeschenk. Den Kampf gegen ihre Krankheit
hat sie zwar verloren, aber dafür hat sie viele Her-
zen gewonnen.

Ganz liebe und traurige Grüße
Manuela & die heute gar nicht lustige Bande

Geschrieben am 14. August 2015; 19:01 Uhr,

Tagebucheintrag von Frollein Luna & Herrn Chester

Dein Herrchen ist mit Chester nach Hause gekommen, damit er sich noch einmal von Dir verabschieden konnte. Er hat an Dir geschnuppert und uns
angesehen. In seinem Blick war Verständnis und
Frieden zu sehen. Er ist schwanzwedelnd von Dir
weggegangen und wir waren alle überrascht. Wir
hatten bei Chester nicht gewusst, wie er mit der Situation umgeht, er ist schlecht einzuschätzen, aber
damit hatten wir nicht gerechnet. Ihr seid so eng
miteinander gewesen und für ihn war alles auf einmal so klar und selbstverständlich. Wir haben noch
eine Weile miteinander verbracht. Sogar unsere
Tierärztin hat geweint und wir haben uns alle noch
einmal in den Arm genommen.

Damit endet unsere gemeinsame Geschichte auf
dieser Welt. Obwohl Du nicht mehr bei uns warst,
hast Du tiefe Spuren hinterlassen. Die Leere, die Du
gelassen hast, war greifbar und hat uns sehr weh
getan. An dem Abend waren wir sprachlos und er-

schöpft. Die letzten Tage hatten uns alle viel Kraft gekostet, das haben wir jetzt gemerkt, als es vorbei war.

Loslassen

Dein Leben ging weiter, zumindest im Forum des Tierschutzvereins. Ich habe dort Bescheid gegeben, immerhin hatten auch dort viele an uns gedacht. Ich habe noch viel geschrieben, daraus ist dieses Buch entstanden. Tage- und wochenlang habe ich Dir geschrieben, immer wieder. Teilweise sehr gefasst und aufgeräumt, teilweise verzweifelt und fast schon bockig. Wie sollte es jetzt nur weiter gehen?

Irgendwann habe ich es eingesehen, dass Du nicht wieder kommen würdest und ich ein Leben ohne Dich leben muss. Ich habe Dein Tagebuch geschlossen…

…und dann kam…

Ein Brief von Dir

Das kam für uns überraschend, aber damit hat Dein Tagebuch geendet und so soll auch dieses Buch enden.

Ich/wir finden es auch schade, dass du das Tagebuch beendest. Zwar waren wir einige Zeit nicht im Forum, aber Gedanken zu deiner Luna oder das Erzählen darüber, dass es Menschen gibt, die genau das schreiben, was man selber fühlt haben in dieser Zeit sicher nicht gefehlt.
Und auch heute wieder, beim Lesen deiner Erinnerungen, fanden wir uns wieder.
Deine Einladungen an Luna, noch mal wieder mit dir etwas zu tun, was vielleicht mal selbstverständlich war und heute eine große Besonderheit wäre; ein Traum würde so für dich wie für mich in Erfüllung gehen.
Und wenn es eine Post aus dem Himmel geben würde, könnte es vielleicht oder bestimmt so lauten:

Liebes Frauchen,
ich habe dich nur deswegen um fünf Uhr morgens geweckt, weil ich wollte, dass nur wir Beide diese besonders schöne, ruhige Zeit mit Vogelstimmen und Wind in den Bäumen genießen.
Nur wir Beide, du, die du mir immer geholfen hast. Du, die es schaffte, dass ich mich nach dem Abschied von meiner Familie wieder wirklich glücklich gefühlt habe. Ich habe es dir gezeigt, indem ich meinen Kopf neben dich gelegt habe, indem ich gebellt habe.

Ich wollte dir damit zeigen, dass ich Interesse an dir und dem Leben habe. Eure Schuhe habe ich als Teil unserer Familie gesehen und mit dem Bringen wollte ich sagen, dass ich weiß, dass wir zusammen gehören und dass, wenn du meinst, diese Schuhe anzuziehen, wir eine tolle Zeit zusammen haben werden. Dass du mit mir auf duftende Wiesen gehst und mit mir sprichst und mit mir Spaß haben wirst. So lieb wie die Ärztin auch war, ich war doch nur so lieb, weil ich wusste, dass mein Vertrauen in dich nicht enttäuscht werden würde. Es würde mir nichts passieren! So wie du denke ich an unsere Zeit. Sie war besonders, weil es dich gab!! Wir waren eins.

So sollte es sein. Gegenseitige Liebe und Vertrauen. Für viele ist es vielleicht unverständlich, aber es erlebt zu haben ist, manchmal auch nur für kurze Zeit, ist das wirklich einzigartige und wahre.

Geschrieben am 4. September 2015, 21:32 Uhr,

Hinter dem Horizont, von einem anderen User im Forum

Zeitfracht Medien GmbH
Ferdinand-Jühlke-Straße 7
99095 Erfurt, Deutschland
produktsicherheit@kolibri360.de